Das Buch

Nach dem Sezessionskrieg treiben sich in Wyoming eine Menge versprengte Outlaws aus Alabama herum. Blackjack McKinneon und sein Bruder Frank sind die Anführer einer Bande von ruchlosen Mördern und Banditen. Sie kommen auch in die friedliche Kleinstadt Jackson und terrorisieren dort die Bewohner. Sheriff Homeland ist mit der Aufrechterhaltung von Gesetz und Ordnung überfordert. Eines Tages richtet Blackjack mit seiner Bande im Saloon ein Blutbad an, doch haben sie nicht mit dem Widerstand von den Revolverladys gerechnet. Diese fünf kämpferischen und attraktiven jungen Frauen um Jessie-Mie-en und Pink, mit ihren Geschwistern Amber und Paloma, nebst ihrer Cousine Joy, bilden ein Quintett Infernali. Sie können sehr gut mit Waffen umgehen und setzen diese nun präzise, um die wild-gewordenen Outlaws nach einem Bankraub aufzuhalten. Es kommt zum Showdown aus glühenden Colts und feurigen Gewehrläufen, um die Stadt von den gesetzlosen Deserteuren und Banditen zu befreien.

Der Autor

Kai-Uwe Wedel hat den Roman für Leser geschrieben, die sich für spannende Geschichten aus dem Wilden Westen begeistern können. Er hat bereits ein Buch mit dem Titel *Die Friesenpiraten* veröffentlicht. Außerdem ist er auch als Filmemacher mit der Krimi-Farce *Die Tote im Unterholz* des weiteren bekannt geworden. Er hat als Schauspieler in dem Kinofilm *Timebrakers*, diversen TV-Filmen und Web-Serien mitgespielt. Er wirkt bis heute als Schauspieler und Drehbuchautor an Filmprojekten in Norddeutschland mit. Das Schreiben ist eines seiner vielen Talente. Dem vorliegenden Western-Abenteuer liegt ein bereits vorhandenes Drehbuch zugrunde.

Kai-Uwe Wedel

REVOLVERLADYZ

Western - Abenteuer

BoD Taschenbuch

Bibliographische Informationen der Deutschen Nationalbibliothek:
Die Deutsche Nationalbibliothek verzeichnet diese Publikation in der
Deutschen Nationalbibliothek; detaillierte bibliographische Daten
sind im Internet über http://dnb.dnb.der abrufbar.

Für die Originalausgabe
Copyright © 2017 Kai-Uwe Wedel
Herstellung und Verlag
BoD-Books on Demand, Norderstedt
Umschlaggestaltung: K.U. Wedel
Printed in Germany
ISBN: 978-3-7431-6497-0

VORWORT

Wir begeben uns mit der Geschichte in die Mitte des neunzehnten Jahrhunderts, ungefähr ein Jahr nach dem Sezessionskrieg.

Meinen Urgroßvater hatte es nach Wyoming verschlagen, und zwar in das kleine Städtchen Jackson, unweit der Teton Range Mountains. Dort trieb sich zu jener Zeit eine ganze Menge Gesindel herum. Darunter waren auch einige Deserteure, welche auf die Flagge *Stars & Bars* der Südstaaten geschworen hatten.

Diese Outlaws schlossen sich einer Gruppe von Banditen um Blackjack McKinneon und seinem Bruder Frank an. Gemeinsam machten sie die Gegend unsicher.

Der Sheriff hatte mit der Aufrechterhaltung von Gesetz und Ordnung alle Hände voll zu tun. Er war leider schon zu alt und wurde bei einem Feuergefecht während eines versuchten Bankraubs niedergeschossen. Dann haben sich schnell parallele Machtstrukturen etabliert.

Die Outlaws mit Blackjack und seinem Bruder Frank als Anführer, kamen immer häufiger in die Stadt und terrorisierten die braven Bürger. Dabei nahmen sie aus den Geschäften einfach alles mit was ihnen gefiel und schlugen jeden zusammen, der sich ihnen in den Weg stellte.

Oder Blackjack forderte irgendeinen armen Teufel zum Duell und machte sich einen Spaß daraus, den unerfahrenen Cowboy zusammen zu schießen.

Doc Levancoure hatte alle Hände voll zu tun, um die verletzten Opfer wieder zusammen zu flicken. Die Stadtväter suchten verzweifelt ein neuen Sheriff, doch fand sich eine ganze Weile niemand der den Job übernehmen wollte, auch nicht für den doppelten Lohn.

Schließlich erklärte sich mein Urgroßvater auf einer der abendlichen Ratsversammlung bereit den Job zu machen, nicht zuletzt weil er das Geld brauchte. Er wurde sofort vereidigt, bevor er es sich anders überlegen konnte.

Zu seiner Überraschung stellte man ihm einen Deputy zur Seite, der viel zu jung für diese gefährliche Aufgabe war. Eine Zeit lang lief die Sache ganz gut, weil mein Urgroßvater sich die Outlaws als frischgebackener Sheriff Homeland einzeln vorknöpfte.

Er lies sie nur noch unter der Bedingung in die Stadt, wenn sie freiwillig in seinem Office ihre Waffen abgaben. Blackjack ließ sich darauf ein, weil er gern mit seinem Bruder den *Maison de Plaisir* besuchte, das einzige Freudenhaus weit und breit. Lola MaryAnn Strange führte es mit harter Hand. Sie duldete keinen Ärger in dem

Etablissement. Ihre Töchter sorgten außerdem dafür, das alles reibungslos ablief. Sie waren unglaublich attraktive Frauen, eine hübscher als die andere, und zugleich äußerst geschickt im Umgang mit Waffen.

Zu ihnen gehörte auch Joy, die im Jugendalter nach dem gewaltsamen Tod ihres Vaters vollkommen erschöpft nach Jackson kam. Sie hatte den weiten Weg von Dawson alleine gemacht und war die Tochter von Lola´s verstorbener Schwester. Zusammen mit Jessie-Mie-en und ihren Geschwistern Pink, Amber und Paloma, nannten sie die meisten Stadtbewohner auch treffender weise Revolverladys.

Auf jeden Fall waren die Damen sehr sexy und ausreichend bewaffnet. Fünf starke Ladys, die zudem von verschiedenen Vätern abstammten und besondere Fähigkeiten geerbt hatten.

Sie hielten wie Pech und Schwefel zusammen. Wenn man sie provozierte oder angriff, konnte sie nicht mal Sheriff Homeland zurückhalten. Kaum vorstellbar, was geschehen musste, als Blackjack eines Tages ausgerastet ist und ein Blutbad im Saloon anrichtete.

KAPITEL 1

Es war an einem von diesen brennend heißen Tagen im Juni 1876. Wyoming wurde von einer biblischen Hitzewelle heimgesucht. Die Gipfel des Teton Range Mountain waren in diesem Monat von weniger Schnee bedeckt, als für gewöhnlich zu dieser Jahreszeit. Die Luft flimmerte über den Dächern und lies die Westernstadt Jackson so unwirklich aussehen, als würde man alles durch ein Kaleidoskop betrachten.

Am Ortseingang stand eine einsame Ulme. Die Sonne fiel durch die Blätter auf einen ziemlich hohen Ast. Dort zwitscherte ein Buchfink und begrüßte fröhlich den neuen Tag. Er war aber nicht allein. Eine schwarze Katze pirschte sich an den Vogel heran. Während sie auf dem Ast langsam näher kam, trällerte der Fink nichtsahnend weiter.

Plötzlich setzte ein lauter Schuss dem Treiben ein jähes Ende. Der Vogel verwandelte sich wie von Geisterhand in hundert kleine Federn, die blitzartig herum flogen und zwischen den Ästen wie in Zeitlupe zu Boden sanken.

Die Katze sprang erschrocken von dem Ast. Sie verfehlte den rettenden Baumstamm und fiel unaufhaltsam in die Tiefe. Dabei wurde sie von den Ästen immer wieder in eine andere Richtung katapultiert. Jedes Mal gab sie einen verzweifelten Schmerzlaut von sich. Das war wohl das sechste von ihren sieben Leben, denn sie landete glücklich auf allen vier Pfoten.

Danach ergriff sie allerdings die Flucht und rannte so schnell sie konnte in das unscheinbar daliegende Western-Kaff.

Sie lief an einer Schmiede vorbei und an dem dazugehörigen Pferdestall. Um den Laden des Leichenbestatters machte sie einen Bogen.

Schließlich kam das Lebensmittelgeschäft von Mr. Baskin in ihr Blickfeld. Dort angekommen, überquerte sie die Hauptstraße und rannte bis zum Sheriffs Office.

Da war jedoch niemand zu sehen und so ging die Katze am Barbierladen vorbei zum Saloon. Manchmal stellte ihr jemand aus dem darüber gelegenen Maison de Plaisir eine Schale Milch vor die Eingangstür. Wenn dort nicht so viel Betrieb war bekam sie auch Streicheleinheiten.

Sie hatte den Saloon schon fast erreicht. Wie so oft standen davor einige Pferde angebunden. Die Flügeltür schwenkte auf. Ein Outlaw flog die Stufen hinunter und stürzte mit dumpfen Aufprall in den Straßenstaub. Er wirbelte jede Menge Dreck auf, als er versuchte wieder aufzustehen. Die Katze nahm Reißaus und rannte

jetzt panisch in Richtung Stadtkirche davon.
Die Flügeltüren des Saloons bewegten sich ein weiteres Mal und wurden erneut aufgestoßen.
Jessi-Me-en machte ein großen Schritt bis zum Treppenabsatz und blieb breitbeinig stehen. In der linken Hand hielt sie demonstrativ ein blutbesudeltes Bärenfellmesser in die Höhe.
»Du hast was vergessen, du miese Ratte!«
»Ich hab für die Hure bezahlt. Die Schlampe ist auf mich losgegangen! Was denn noch?«, fragte der Outlaw stotternd, während er sich immer noch mühsam aufzuraffen versuchte.
»Du hast das Messer vergessen, womit du sie aufgeschlitzt hast«, bemerkte Jessi grimmig.
Der Outlaw wurde bleich. Er versuchte seinen Colt zu ziehen und betastete verwirrt das Hohlster seines Patronengurts. Es war leer!
Schließlich entdeckte er die Waffe dicht neben sich im Staub liegen. Er griente blöd und hob den Colt schnell auf. Als er den Hahn spannte, reagierte Jessi mit einem zielgenauen Wurf.
Es knackte kaum hörbar, als die Klinge das Brustbein des Outlaws durchstieß.
Er senkte überrascht den Kopf und sah an sich hinunter. Seine Augen weiteten sich entsetzt, als er das Blut mitten auf seinem Hemd laufen sah, während ihm sein Colt aus der Hand glitt.

Danach kippte er gemächlich wie ein gefällter Baum um. Noch bevor er den Boden berührte, war er tot. Jessi zündete sich seelenruhig eine Zigarillo an. Daraufhin machte sie auf dem Treppenabsatz kehrt und ging zurück in den Saloon.

Dort herrschte nach wie vor eine ausgelassene Stimmung. Als nun Jessi hereinkam, wurde es augenblicklich totenstill. Ein paar Cowboys am Tresen starrten sie missfallend an.

»Ich würde mich jetzt in acht nehmen. Das war einer von Blackjack´s Leuten«, murmelte einer der Männer leise.

»Was denn – möchtet ihr dem Galgenvogel da draußen Gesellschaft leisten?«

Der Cowboy verstummte und blickte kurz in sein halbvolles Bierglas. Dann stieß er mit den anderen an, als wäre nichts geschehen.

Die Männer kamen von einem Rinder-Treck und hatten seit Monaten keine Frau zu Gesicht bekommen. Sie kannten die Revolverlady aber gut genug um zu wissen, das sie es verdammt ernst meinte. In Jackson dominierte die raue Männerwelt. Trotzdem würde sich keiner von ihnen mit ihr anlegen, der noch halbwegs bei Verstand war.

Jessi´s Vater war ein chinesischer Gleisbauer. Er hatte vor langer Zeit für Pazifik-Union Trail gearbeitet und war dann später über alle Berge verschwunden. Von ihm hatte sie die asiatisch dunklen Augen geerbt und seidige schwarze Haare, die weit über ihre Schultern fielen. Das machte sie äußerst attraktiv. Außerdem hatte Jessi von ihm im Kindesalter den geschickten Umgang mit Messern gelernt. Sie war beinahe schneller und treffsicherer, als ein Cowboy mit dem Colt. Zusätzlich war sie mit ihrer Domina Power die Anführerin der Revolverladys.

Die meisten Männer pokerten und betranken sich nun ungerührt weiter. Einige flirteten mit Shelly, die für ihre Freundin eingesprungen war. Fanny musste sich beim Doc verarzten lassen und sich erst mal von dem Zwischenfall erholen. Der Outlaw hatte ihr einen hässlichen Schnitt im Dekolleté verpasst.

Shelly kam vor zwei Jahren nach Jackson und arbeitete seitdem als Freudendame über dem Saloon im Maison de Plaisir für Mama Lola. Es war kein Traumjob, aber sie wurde immer gut bezahlt. Wenn sie keine Kunden hatte, kam sie manchmal runter und half dem Barkeeper Jim Bones und seiner Frau Kitty.

Die Cowboys waren schon gut abgefüllt und wurden immer anzüglicher. Deshalb nahm sie nur widerwillig an einem der Spieltische eine Bestellung auf und bekam prompt einen Klaps auf den Hintern. Shelly verzog sich schnell an den Tresen, bevor der Typ noch zudringlicher wurde. Sie hasste Grabscher, denn sie zahlten schlecht und waren respektlos.

Der Barkeeper nahm ihr ein volles Tablett mit leeren Gläsern ab.

»Schätzchen, du darfst dir nicht alles gefallen lassen«, sagte Jim und blickte kurz zum Tisch.

»Drei Bier und drei Whisky, Jimbo. Ich bring noch die Getränke weg. Danach verziehe ich mich wieder nach oben!«, sagte Shelly genervt.

Jim begann das Bier zu zapfen. Währenddessen stellte er drei Gläser nebeneinander und kippte sie nacheinander ohne abzusetzen aus einer Whisky-Flasche voll.

Kitty stellte ihr alles auf das Tablett. Während Shelly noch schnell die Getränke verteilte, war Jessi bereits in eine dunkle Nische des Saloons zurückgekehrt. Dort saßen an einem runden Tisch vier Revolverladys, die sie begeistert mit einer Flasche Bourbon in Empfang nahmen.

Paloma sah sie prüfend an, nachdem Jessi ein guten Schluck aus der Flasche genommen hatte und sich wieder auf ihren Stammplatz setzte.

»Alles in Ordnung mit Dir?«,

»Der Halunke hat doch tatsächlich geglaubt, er käme davon.«

»Hast du ihm das Messer zurückgegeben?«, fragte Joy neugierig, die gegenüber neben ihrer Cousine Paloma saß. Sie war die Jüngste von den Revolverladys und gehörte indirekt auch zur Familie. Als man sie nach dem Tod ihres Vaters in ein Waisenhaus stecken wollte, konnte sie nur ganz knapp den Häschern der presbyterianischen Kirche entkommen.
Joy war im meisterhaften Umgang mit ihren zwei Revolvern berüchtigt. Im Alter von neun Jahren hatte sie auf der Jagd von ihrem Vater das Schießen erlernt. Mit fünfzehn übertrafen ihre Schießkünste die meisten der Männer im Westen.
»Es steckt nun bei ihm genau da, wo Fanny ein fieses Andenken von ihm bekommen hat. Nur ein bisschen tiefer!«, erwiderte Jessi und trank noch einen großen Schluck aus der Pulle.
»Nach dem heftigen Schlag, den Amber ihm verpasst hat, ist er nochmal aufgestanden?«, wunderte sich Joy und zwinkerte Amber zu.
»Der Blödian hat alles versucht, bevor er das Zeitliche segnete«, erwiderte Jessi.
»Ich hab dem Hurensohn geraten, er solle sich verpissen bevor du kommst«, erklärte Amber.
Als die fünfte im Bunde der Revolverladys saß Pink scheinbar teilnahmslos in der Runde. Das täuschte denn sie hatte einen sechsten Sinn für

drohende Gefahren. Sie war die Älteste in der Gruppe und konnte mit ihrer Winchester so schnell und treffsicher umgehen, wie ihre Geschwister mit den Colts. Wenn sie nüchtern war, schoss sie auf einer viertel Meile ohne Problem einem Kojoten den Arsch weg. Sie trug wie ihre Geschwister Männerkleidung.
»Wenn das einer von Blackjack´s Leuten war, bekommen wir bald Besuch!«, sagte Pink mit einem trockenen Lächeln auf den Lippen.
In dem Moment kam Mama Lola die Treppe im Saloon vom Maison de Plaisir herunter und ging zielstrebig zum Tisch der Revolverladys.
»Kaum bin ich fünf Minuten nicht da, dann spielen meine Mädchen verrückt. Ich habe euch ausdrücklich gesagt, ich will hier keinen Ärger!«
»Mom –Amber und Jessi haben unserer Fanny das Leben gerettet. Der Kerl hätte sie eiskalt umgebracht!«, versuchte Paloma ihre Mutter zu beruhigen.
»Das nächste mal gebt mir gefälligst Bescheid, wenn so was passiert. Dann regele ich das auf meine Weise! Habe ich mich klar genug ausgedrückt?«, fragte Mama Lola und machte eine strenge Miene, die gar nicht zu ihrem brünetten hochgesteckten Haaren und dem eleganten Rock passen wollte. Sie konnte auch

resolut durchgreifen, war dabei aber trotzdem immer sehr mitfühlend und liebevoll mit ihren Kindern umgegangen.

Alle Revolverladys nickten kurz und sahen ihre Mutter wie in Kindertagen betroffen an, wenn sie etwas ausgefressen hatten.

Im Jahre 1836 war Lola Mary Ann Strange mit ihrer Familie von Missouri über den Overland Trail nach Virginia City gezogen. Während der fünfmonatigen Reise verstarb ihre Mutter an Schwindsucht. Ihr Vater kam nicht darüber hinweg und betrank sich danach jeden Abend sinnlos. Das Leben in Virginia war zu dieser Zeit entbehrungsreich. Sie und ihre Schwester hatten nie genug zu Essen. Deshalb begann sie für eine warme Mahlzeit mit Männern auszugehen.

Kurz darauf wurde sie schwanger und brachte neun Monate später Pink zur Welt. Um sie durchzubringen, verbrachte sie weiterhin viel Zeit mit Männern, die aus den Rinder-Städten kamen und oft über mehrere Monate keine Frau zu Gesicht bekommen hatten. Wenn sie dann eine antrafen, behandelten sie diese fast mit übertriebener Höflichkeit und respektvoll. Lola wurde schließlich erneut schwanger und nannte das Kind Amber. Ihre Schwester hielt das Gerede in Virginia City nicht mehr aus. Sie brannte mit dem Revolverheld Ray Feldmann nach Dawsen durch. Lola musste ebenfalls die Stadt verlassen und nahm eine lange Reise über viele Monate auf sich, die schließlich in Wyoming endete. In der Kleinstadt Jackson half ihr die Besitzerin des *Maison de Plaisir* ihre zwei Mädchen durchzubringen.

Dennoch musste Lola für den Aufenthalt bezahlen. Sie begann als Edelhure in dem Freudenhaus zu arbeiten. Bald führte sie den ganzen Laden. Als die Besitzerin starb, vererbte sie ihr alles. Man kann sich lebhaft vorstellen, wie sie zu den anderen beiden Kindern gekommen ist.

Nach der kleinen Moralpredigt ging Lola zum Tresen. Zu ihrer Verwunderung entdeckte sie etwas abseits auf einem Barhocker einen alten Bekannten.

»Seit wann bist du wieder da? Wo hast du so lange gesteckt?«, fragte Lola erstaunt.

Tango sah sie mit glasigen Augen schräg an und kippte den Whisky runter, der vor ihm auf dem Tresen stand. Er gab dem Barkeeper per Handzeichen zu verstehen, dass er noch einen wollte. Tango sah mit seinen schwarzen kurz geschnittenen Haaren und stahlblauen Augen wie der Rächer der Enterbten aus.

Er war oft unterwegs und verdiente sein Geld

bei Schießwettbewerben in Nordwestamerika.
»Ich war in Cincinnaty und bin gestern mit der Postkutsche zurück gekommen.«

»Ich hoffe, die lange Reise hat sich gelohnt?«
»Nicht wirklich«, brummte Tango.

Er versuchte zu vergessen, dass er gerade mal die Reisekosten wieder rausbekommen hatte. Jimbo stand bereits mit einer Flasche Bourbon vor ihm und machte sein Glas voll. Als er die Flasche mitnehmen wollte, hielt Tango ihn am Arm fest. Jim wusste sofort was das bedeutete und ließ die Flasche auf dem Tresen stehen.

»Wenn du nicht da bist, spielen meine Töchter verrückt«, bemerkte Lola wehmütig.

»Hab zwar nicht mitbekommen was passiert ist, aber gesehen wie der Bestatter vorhin eine Leiche abgeholt hat.«

»Was soll ich bloß machen? Die Mädels sind einfach viel zu schnell groß geworden.«

»Mach dir keine Sorgen. Deine Töchter haben die Kerle hier ganz gut im Griff«, sagte Tango und trank das Whisky-Glas in einem Zug leer. Danach schenkte er sich sofort aus der Flasche nach.

»Vielleicht solltest du ein paar Gläser Whisky weniger trinken. Pink ist schon richtig sauer, weil du sie immer wieder versetzt.«

Tango wusste das sie Recht hatte. Aber daran

lag es nicht wirklich. Pink hatte eine starke Persönlichkeit und forderte bedingungslose Hingabe. Das war was für jüngere Typen. Er liebte sie, ging aber manchmal auch mit Shelly ins Bett. Er konnte sich nicht recht entscheiden und betrank sich deshalb.

»Glaubst du ernsthaft, so´n alter Esel wie ich ist die richtige Partie für sie?«

»Ich weiß nicht, was in ihrem Kopf vorgeht, aber sie hat einen Narren an dir gefressen.«

»Mag schon sein, aber wenn dem so ist, dann hat sie eine merkwürdige Art das zu zeigen. Ich verzieh mich jetzt erst mal nach oben, um mich ein wenig zu entspannen.«

»Dann lass dich nicht von ihr erwischen, sonst reißt sie dir den Kopf ab!«, sagte Lola und machte eine unauffällige Geste in Richtung des Stammtisches der Revolverladys.

»Ich benutze den Hintereingang«, sagte Tango und leerte mit einem Zug das Whisky-Glas.

In dem Moment kam Shelly mit einem leeren Tablett vorbei. Sie zwinkerte ihm zu, weshalb er sie schnell beiseite nahm.

»Bringst du den Whisky und zwei Gläser mit nach oben auf´s Zimmer, Sweety?«

Shelly nickte kurz. Tango legte zwei Dollar auf den Tresen und ging unauffällig zur Hintertür.

KAPITEL 2

Der Trapper John Bridger schüttete den letzten Schluck Kaffee ins Lagerfeuer. Ein Knacken im Unterholz hatte ihn aufgeschreckt. Zunächst befürchtete er nur, ein Braunbär könnte die abgezogenen Biberpelze gewittert haben und wolle ihn mit einem Überraschungsbesuch zum Frühstück beehren.

Er und sein Kumpel Jim Coltsen waren hier so gut wie Zuhause. Als Fallensteller hatten sie fast jeden Winkel unterhalb des Teton Range Mountain Bergmassives erkundet. Deshalb war er auch weniger misstrauisch, als das Geräusch immer deutlicher wurde und näher kam.

Er vermutete jetzt eher, dass sein langjähriger Gefährte mit jeder Menge Biberfellen aus den Wäldern zurückkam, welche sie in den ausgelegten Fallen zu finden hofften, obwohl es in dem Gebiet nur noch wenig Pelztierarten gab. Eigentlich erwartete er ihn nicht so schnell zurück, denn sie wollten sich später am Mittag unten im Tal von Jackson Hole treffen.

Langsam wurde er nervös und griff behutsam nach dem Vorderlader, den er vor langer Zeit von seinem Vater geerbt hatte. Damit konnte man noch immer auf hundert Fuß einen Bären niederstrecken. Darum ging er vorsichtshalber hinter einem großen Baumstamm in Deckung. Langsam zeichneten sich deutliche Konturen eines Menschen zwischen den Bäumen ab.

Er befüllte schnell den Lauf des Gewehres mit Pulver. Dann schob er eine Bleikugel hinein und spannte den Hahn. Plötzlich traf ihn ein schwerer Ast am Hinterkopf.

Er hörte den dumpfen Schlag und dann wurde ihm schwarz vor Augen. Das Gewehr rutschte ihm aus der Hand und er sackte bewusstlos zusammen.

Eine handvoll finsterer Gestalten kam nun aus dem Unterholz hervor. Sie begannen sogleich das Lager zu plündern. Blackjack McKinneon durchwühlte das Innenfutter von John Bridger´s Ledermantel, bis er endlich fündig wurde.

»Sieh mal an. Das sind mindestens eine viertel Unze Nuggets und zwei Silberdollar dazu.«

»Hab ich´s dir nicht gesagt, Jack! Diese alten Pelztier-Jäger sind immer für´n kleines Zubrot gut«, sagte Frank und durchsuchte das Lager weiter. Etwas abseits fand er auf einem Felsen die zum trocknen ausgelegten Biberfelle.

»Hey, die werden uns in Jackson ein hübsches Sümmchen einbringen.«

Die beiden Handlanger Sam und Colby kamen angelaufen und sahen sich die Felle genauer an. Sie nickten zufrieden und klopften Frank anerkennend auf die Schulter.

»Jetzt können wir in Jackson ordentlich die Sau raus lassen!«, sagte Colby erfreut.

»Hat sich gelohnt im verdammten Unterholz herum zu kriechen und zu warten, bis die Luft rein ist«, bemerkte Sam erfreut.

Blackjack kam jetzt mit den Mulis der Trapper dazu.

»Lasst uns von hier verschwinden, bevor uns sein Kumpel entdeckt!«

Sam und Colby mussten die beiden Mulis am Zügel durch das unwegsame Gelände führen. Sie stapften unbeholfen fast eine Meile hinter Blackjack und seinem Bruder Frank her durchs Gehölz, bis sie an eine Lichtung kamen, wo sie ihre eigenen Pferde angebunden hatten. Frank verstaute die Biberfelle in den Satteltaschen seiner Stute. Blackjack machte seinen Hengst los und saß wie sein Bruder schneller auf dem Pferd, als die beiden Trottel Sam und Colby. Die waren immer noch dabei die Mulis zu verscheuchen. Schließlich machten sich alle gemeinsam auf den Weg in Richtung Jackson. Sie wollten noch vor Einbruch der Dunkelheit ihre Beute im Maison de Plaisir den Huren in den Ausschnitt stecken, oder im Saloon beim Pokern verjubeln.

Nach einiger Zeit kamen sie an einen steilen Abhang, der ins Tal von Jackson Hole führte. Sie stiegen von ihren Pferden und hielten sie beim Abstieg an den Zügeln fest. Sie mussten dabei höllisch aufpassen, dass sich ihre Gäule nicht an den Hufen verletzten. Ohne Pferde durch das „Loch", wie das Tal überall genannt wurde, wäre reiner Selbstmord gewesen.

»Warum so still, Frank? Denkst´e mal wieder an deine Lieblingshure?«

Blackjack zog seinen Bruder gern damit auf, dass er sich in eins von den Freudenmädchen verliebt hatte. Er konnte den Gedanken nicht ertragen, dass Fanny auch mit anderen Kerlen rummachte.

»Was geht´s dich an«, erwiderte Frank genervt.

»Du sollst dich damit abfinden, das die Weiber im Saloon ihr Geld nicht nur als Sängerin verdienen. Die werfen sich jedem Cowboy an den Hals und verführen ihn dann eine Etage höher im *Maison de Plaisir*«, erklärte Blackjack seinem Bruder während des Abstiegs ins Tal. Schließlich hatten sie es geschafft und ritten im leichten Trab durch Jackson Hole.

Frank folgte seinem Bruder blindlings, der wie üblich die Führung der Truppe übernommen hatte. Blackjack sah ihn zweifelnd von der Seite an und fragte sich, ob Frank ihm auch wirklich zugehört hatte. Kurz darauf stichelte weiter.

»Gib´s zu! Du bist frustriert, wenn du daran denkst, dass gerade jemand anderes über sie rüber rutscht.«

»Wenn wir endlich in der Stadt sind, wird sie für mich die Beine breit machen.«

»Dann sollten wir uns beeilen, bevor sie schon vergeben ist und Frank den Freier abknallt«, bemerkte Colby amüsiert.

»Also, ich will sowieso aus diesem Loch hier raus, bevor uns die Wölfe wittern«, mischte sich nun auch Sam in die Unterhaltung ein.

»Jack, wir wollten doch der Granger Farm ein Besuch abstatten«, sagte Colby.

»Ein andern Mal. Das wäre ein großer Umweg und ich will in der Stadt sein bevor es dunkel wird«, befahl Blackjack kurz entschlossen.

KAPITEL 3

Die braven und rechtschaffenen Bürger der Stadt kamen mit ihren Ehefrauen und Kindern gerade aus der Kirche, als der Revolverheld Edward Burns den Saloon betrat. Er setzte sich an den Tresen und trank einen Whisky nach dem anderem. Er redete viel und es stellte sich schnell heraus, dass er noch nicht lange in Jackson war und nach jemanden suchte.

Jimbo hörte den übertriebenen Schilderungen von angeblichen Duellen mit den schnellsten Schützen des Wilden Westens nur widerwillig zu, während Kitty gerade die Bierränder vom Vorabend auf den Tischen abwischte.

Der Saloon füllte sich langsam mit Gästen, die nach dem Kirchgang gern zum Frühschoppen kamen um die Sünden mit Bier zu verdünnen. Kitty hatte einen Namen aufgeschnappt und stieg unauffällig die Treppe zum Maison de Plaisir hinauf. Sie bekam ein ungutes Gefühl bei dem merkwürdigen Gast und fragte Mama Lola, wie man ihn am schnellsten wieder loswerden konnte.

Die Revolverladys waren sehr spät nach einer langen Nacht auf ihre Zimmer gegangen. Es war bereits zwölf Uhr durch, als Mama Lola an der Schlafzimmertür ihrer jüngsten Tochter klopfte. Paloma schlief mit ihrer Cousine Joy in trauter Zweisamkeit eng umschlungen auf ihrem Bett. Die beiden waren ein hübsches Liebespaar.

Lola betrat zögernd das Schlafzimmer, obwohl ihr klar war, das ihre Tochter sie dafür hassen würde. Dieses Risiko nahm sie selten in kauf und wenn doch, dann musste es wichtig sein. Sie berührte Paloma sanft an der Schulter, die sich müde räusperte, aber trotzdem weiter zu schlafen schien.

»Paloma – Schatz, bist du wach?«

Paloma umklammerte ihre Schicksalspartnerin nur noch fester.

»Mom? Lass uns in Ruhe, wir wolle schlafen!«

»Im Saloon ist jemand, der ununterbrochen von einem Duell prahlt. Dabei hat er zufällig den Namen Feldmann erwähnt.«

Joy schlug die Augen auf und war sofort hellwach. Sie richtete sich schnell auf, wobei die Bettdecke von ihrem Oberkörper rutschte und den Blick auf ihre Brüste freigab. Sie zog die Decke verlegen wieder hoch, um sich vor ihrer Tante nicht die Blöße zu geben.

»Hab ich mich verhört, oder hast du Feldmann gesagt? Wie sieht der Kerl aus?«

»Wie ein Killer – glaubst du er meinte . . . ?«

Joy sprang aus dem Bett und begann sich nun

schleunigst anzuziehen. Sie wartete schon seit einer halben Ewigkeit auf den Tag, an dem ihr der Mörder ihres Vaters begegnete.
»Ich werde mir den Kerl mal ansehen!«
Es war Joy´s Mutter gewesen, die das Gerede über die Liebschaften ihrer Schwester Lola in Virginia City nicht aushalten konnte. Darum ging sie mit Ray Feldmann nach Dawsen, um endlich ein neues Leben anzufangen.
Sie wurde schwanger und brachte Joy zur Welt. Sie verstarb bei der Geburt, wofür Ray seiner Tochter unbewusst die Schuld gab.
Joy war dickköpfig und wurde ein trotziges Mädchen. Sie liebte den Zirkus und verpasste keine Vorstellung, wenn er in der Stadt war.
Natürlich hatte sie zu wenig oder gar kein Geld für die Eintrittskarte. Also schlich sie sich immer heimlich ins Zirkuszelt. Dabei wurde sie erwischt und musste deshalb beim Füttern und der Pflege der Tiere helfen.
Sie freundete sich mit einer Akrobatin an, die für sie eine Zeitlang wie eine Mutter war. Sie zeigte ihr manchmal Kunststücke und Joy war eine gute Schülerin. Sie übte fleißig und hatte eine schnelle Auffassungsgabe, was besonders für den Umgang mit dem Revolver galt. Bei ihrem Vater machte Joy auf der Jagd die ersten Schießübungen und jetzt lernte sie von einem

Kunstschützen, wie man mit der linken Hand genauso schnell wie mit der rechten ziehen konnte. Joy war ein Naturtalent!

Im Alter von dreizehn Jahren beeindruckte sie das Zirkuspublikum mit ihrer Treffsicherheit. Sie konnte jedem Mann aus dem Publikum der sich dazu bereit erklärte, eine Zigarre aus dem Mund schießen. Dabei steckte der Revolver schon im Hohlster, bevor die Zigarre auf dem Boden lag.

Paloma kannte nur die Hälfte der tragischen Geschichte über Joy´s Vater. Sie wühlte sich aus der Bettdecke und suchte ihre Klamotten. Sie wollte verhindern das ihre Geliebte keinen Unsinn anstellte.

»Warte auf mich, ich komme mit!«

Joy legte bereits ihren Patronengurt mit zwei chromblitzenden Colts und Perlmutt-Griff an, welche sie vom Vater geerbt hatte. Sie wartete ungeduldig auf ihre Freundin. Sie hatte Angst das der Hundesohn verschwand, bevor sie ihn zu Gesicht bekommen konnte.

Schließlich gingen sie zusammen in den gut besuchten Saloon und setzten sich unauffällig ans Ende vom Tresen.

»Ich hab ihnen eben gesagt, in dieser Stadt gibt es keinen Feldmann«, beteuerte Lola energisch während Joy ihn aus der Entfernung musterte, und Burns daraufhin ziemlich rabiat herum zu grölen begann.

»Verarsch mich nicht, Schätzchen! Man erzählt sich, dass er beim letzten Atemzug angeblich Jackson geröchelt haben soll.«

»Warum ist dieser Feldmann denn eigentlich so wichtig für Sie?«, fragte Shelly mit naiven Leichtsinn.

Burns zog blitzschnell seinen Colt. Er wirbelte damit vor Shellys Nase herum und machte ein paar beeindruckende Kunststückchen. Er ließ seine Waffe von der einen Hand in die andere durch die Luft fliegen und dabei mehrmals kreisen. Dazwischen kippte er schnell das vor ihm auf dem Tresen stehende Glas mit Whisky runter, bevor er den Colt elegant auffing und zurück ins Hohlster gleiten lies.

»Ich habe gehört, dass sein Sohn der schnellste Schütze hier im Norden ist!«, bemerkte Burns mit verächtlichen Unterton in seiner Stimme.

Plötzlich schaltete sich Jim in die Unterhaltung ein, der bis jetzt seelenruhig hinter dem Tresen stehend Whisky-Gläser blankputzte.

»Gehen Sie besser dahin zurück, wo Sie hergekommen sind – das ist gesünder für Sie!«

Burns sprang wütend vom Hocker und packte Jimbo am Kragen.

»Jetzt hör gut zu. Ich habe seinerzeit den Vater

ins Jenseits geschickt und jetzt ist sein Sohn dran!«, erwiderte Burns und schüttelte Jimbo dabei heftig.

Joy konnte sich nur vage an die Vergangenheit erinnern. Sie wusste nur noch, dass ihr Vater bei einem Duell erschossen wurde. Aber sie hatte genug gehört und konnte nicht länger tatenlos zusehen. Sie stieg vom Barhocker und ging mit schnellen Schritten auf Burns zu.

Paloma versuchte sie an der Schulter zurückzuhalten, doch Joy drehte sich nicht um und ging einfach weiter.

»Ich schätze, dann suchen Sie mich!«

Burns stieß Jimbo rüde weg und musterte Joy von oben bis unten abfällig.

»Ich suche einen Mann und kein Weibsbild als Kerl verkleidet!«

»Revolverlady, wenn wir nun schon mal dabei sind, du aufgeblasener Gockel«, sagte Paloma.

»Ray Feldmann war mein Vater und Sie haben ihn auf dem Gewissen!«, erwiderte Joy.

»Der Dummkopf hatte´n Tochter? Das glaub ich jetzt einfach nicht.«

Joy war im letzten Monat 23 Jahre geworden und verdammt hübsch. Ihre langen blonden Haare bedeckten teilweise ihre halb geöffnete Bluse und die braune Lederweste spannte sich über ihre formvollendeten Brüste. Wer einmal in die unergründlichen blauen Augen geblickt hatte, war entweder ein guter Freund oder tot. Die lüsterne Art und Weise, wie Burns sie von oben bis unten ansah, machte Joy erst richtig wütend.

»Genauso ist es aber – und die wird Ihnen den verdammten Arsch aufreißen!«

Mittlerweile verfolgten die Männer im Saloon aufmerksam die Auseinandersetzung. Einige Leute von den Farmern und Cowboys erhoben sich von den Tischen und legten ihre Hände langsam an ihre Patronen-Gurte. Burns wurde klar, dass er im Saloon keinen Schusswechsel riskieren durfte.

»Es war ein faires Duell, aber wenn Sie da anderer Meinung sind, dann erwarte ich Sie draußen um fünfzehn Uhr vor dem Saloon!«

»Ich werde da sein!«, erwiderte Joy, obwohl sie Burns am liebsten für seine Impertinenz einen ordentlichen Schwinger verpasst hätte. Paloma spürte das und legte einen Arm auf ihre Schulter.

Joy ging nur widerwillig mit ihrer Cousine auf ihr Zimmer, wo Paloma die Einzelheiten des Duell-Ablaufs besprechen wollte. Allerdings war Joy dafür viel zu wütend und stampfte wie ein Elefant auf den Holzdielen herum. Sie wusste, dass Burns ein hinterhältiger Halunke war. Vor langer Zeit hatte sie am Grab ihres Vaters gebetet, eines Tages diesen Abschaum vom Antlitz der Erde tilgen zu dürfen.

»Dieser verfluchte Wichser hat es gewagt, vor mir und allen Leuten das Andenken meines Vaters mit seinen Lügen zu beschmutzen! Ich werde jetzt wieder runter gehen und diesen räudigen Köter abknallen!«

Joy machte auf dem Absatz kehrt und ging auf die halboffen stehende Zimmertür zu. Paloma eilte jedoch schnell an ihr vorbei und verstellte Joy den Weg.

»Lass mich vorbei, oder ich weiß nicht mehr was ich tue!«, sagte Joy wütend und versuchte ihre Cousine zur Seite zu drängen.

Paloma war allerdings einen Kopf größer und viel kräftiger als Joy. Sie lies sie nicht durch.

»Wenn du das machst, hat dieser Abschaum genau das erreicht was er wollte – dich aus der Reserve locken. In der Verfassung bist du eine leichte Beute für ihn.«

»Ich brauch keine Ratschläge! Lass mich sofort vorbei«, erwiderte Joy trotzig.

»Tut mir echt leid, aber dafür liebe ich dich zu sehr«

Joy versuchte es nochmal, an Paloma vorbeizukommen, doch landete sie dabei in ihren offenen Armen. Joy wollte sich wieder aus der

Umarmung lösen und stemmte sich deshalb gegen ihre Schulter. In dem Moment spürte sie die Verzweiflung und ihre Kehle schnürte sich zusammen. Sie begann leise zu schluchzen.
Auf einmal purzelte ein ganzer Sturzbach von Tränen über ihre Wangen.
»Ist ja gut«, sagte Paloma leise. »Ist schon gut.«
Joy würgte, aber sie konnte nicht aufhören. Es fühlte sich an wie ein dicker Kloß, der in ihrem Hals stecken geblieben war.
»Tut mir leid.«
Langsam ließen die Tränen nach, aber sie fühlte sich plötzlich kraftlos. Paloma lies ihre Cousine nicht los und bugsierte Joy auf´s Bett.
»Du solltest dich ausruhen.«
»Ich weiß nicht, ob ich das nachher schaffe.«
Paloma zögerte und musste überlegen, wie sie am besten darauf eingehen konnte. Sie begann Joy überall zu berühren und streichelte sie sanft zwischen ihren Schenkeln. Langsam beruhigte sie sich.
»Mach dir keine Gedanken. Ich werde nicht zulassen das dir was passiert!«
Joy gab ihr einen Kuss und Paloma berührte die kleinen Knospen ihrer Brüste. Joy sah sie sehnsüchtig an. Sie begannen sich gegenseitig auszuziehen und Paloma fuhr mit der Zunge über ihren Bauchnabel bis in den Schoß hinab.

Joy ergab sich den Wellen der Lust. Die beiden verband ein schicksalhaftes Gefühl, welches nur sie empfinden konnten, weil ihnen die Vergänglichkeit ihres Daseins bewusst war.
Sie kosteten jeden Augenblick als ein Geschenk der Liebe voll aus. Sie ergaben sich bereitwillig den erotischen Gelüsten ihrer Weiblichkeit und erlebten einen gemeinsamen Höhepunkt wilder Ekstase!
Joy lag danach ganz entspannt neben Paloma, die mit einer Hand sanft durch ihre blonden Haare streichelte und sie ganz verliebt ansah. Joy genoss das Glücksgefühl und machte die Augen zu. Endlich entspannte sich ihr Körper und sie konnte wieder tief und ruhig atmen.
Plötzlich entstanden vor ihrem inneren Auge Bilder. Ihre Lider begannen zu flattern, als ein Kaleidoskop aus verdrängten Erinnerungen aus dem Unterbewusstsein ihren Kopf durchfluteten.

* * * *

Edward Burns und Ray Feldmann stehen auf einer staubigen Straße in Dawsen Rücken an Rücken. Nichts scheint sie aus der Ruhe zu bringen. Jeder blickt stur in die entgegengesetzte Richtung.
Joy beobachtet die Männer aus dem Fenster eines Bekleidungsgeschäfts. Ihr Vater weiß, dass sie dort auf ihn wartet und zwinkert ihr kurz zu, als wäre..

dass alles nur ein Spiel. Darauf bewegen sich beide wie Marionetten voneinander weg. Plötzlich drehen sich die Männer gleichzeitig um. Beide ziehen fast zeitgleich ihre Colts, doch ihr Vater ist schneller.
Burns wird an der Schulter verletzt und sein Colt gleitet ihm aus der Hand. Trotzdem stürzt ihr Vater zu Boden und bleibt auf dem Rücken liegen.
Joy sieht undeutlich Blackjack auf einem Dach, der sich dort versteckt hat und ein Gewehr in der Hand hält. Sie rennt aus dem Laden auf die Straße.
Joy fällt vor ihrem Vater auf die Knie und beginnt zu weinen. Ihm läuft seitlich Blut aus dem Mund. Er macht eine schmerzverzerrte Miene, als sie ihm versucht hoch zu helfen.
»Steh bitte auf Daddy! Du musst jetzt aufstehen!« Ray nimmt seine Tochter noch ein letztes Mal in die Arme und flüstert ihr etwas ins Ohr.
»Geh nach Jackson! Frag nach Mary Ann Strange. Sie ist – deine Tante und wird dich ... «
Die Augen ihres Vaters werden langsam trübe. Joy kann nicht aufstehen. Sie blickt sich hilfesuchend nach allen Seiten um. Dabei sieht sie Blackjack aus einer Seitenasse kommen. Er geht zu Burns, der mit blutverschmierter Weste bereits auf dem Pferd sitzt. Blackjack steckt das Gewehr in ein Hohlster am Sattel seines Hengstes. Dann reiten die beiden gemeinsam im schnellen Galopp davon.
Schließlich kommen zwei Männer, die ihren Vater abholen wollen. Joy kann das nicht verstehen und

versucht sie daran zu hindern, aber sie drängen Joy energisch zur Seite.
»Daddy – Daddy. Du darfst nicht sterben!«
Joy tritt und schlägt auf die Leichenbestatter ein, als sie die Bahre mit ihrem Vater wegzutragen versuchen. Dabei rutscht dem Hintermann die linke Hand vom Griff. Der Leichnam ihres Vaters fällt in den Straßenstaub!
Diesmal liegt er auf dem Bauch und gibt den Blick auf die blutgetränkte Lederweste frei. Joy erstarrt! Sie erkennt dort eine Schussverletzung im Rücken.

* * * *

Als Joy aufwachte, brauchte sie eine Weile um sich zu orientieren. Verwirrt stellte sie fest, das sie noch auf dem Bett neben ihrer Cousine lag. Paloma hatte es sich am Kopfende mit einem Kissen im Rücken bequem gemacht.
Sie rauchte eine Zigarillo. Als sie sah das Joy erwacht war, hielt sie ihr den Zigarillo vor die Nase. Joy nahm ihn dankbar an und machte ein paar tiefe Züge, während sie sich ebenfalls aufrecht hinsetzte.
»Weist du wie spät es jetzt ist?«
»Die Kirchenglocke hat noch nicht zum dritten Mal geläutet.«
»Verdammt – ich fühle mich total gerädert!«
»Ich war nicht sicher, ob ich dich aufwecken

soll. Du hast ein paar Mal ganz schön wild um dich geschlagen.«

»Ich glaube, ich weiß nun endlich, wer meinen Vater in Wirklichkeit getötet hat.«

»Soll das heißen, der Pistolero im Saloon war´s nicht?«, sagte Paloma und sah sie fragend an.

»Doch schon, aber nicht allein, jemand hat ihm geholfen. Ich hatte gerade was ähnliches wie´n Uhrerlebnis!«

Paloma sah ihre Freundin ungläubig an. Joy reichte ihr wieder den Zigarillo rüber und nun machte sie erst mal ein paar tiefe Züge, um die Neuigkeit richtig verarbeiten zu können.

»Komm schon, spann mich nicht so lange auf die Folter! Wer war´s denn sonst?«

»Ich kann´s nicht fassen. *Blackjack McKinneon!* Ich habe es die ganze Zeit total verdrängt. Er hat damals vom Dach herunter meinen Vater hinterrücks abgeknallt und zwar im gleichen Moment, als mein Vater Edward Burns an der Schulter verletzte. Burns kam gar nicht zum Schuss. Offenbar hatte er sich mit Blackjack abgesprochen, denn sie sind gemeinsam weg geritten.«

»Dann solltest du dem Mistkerl jetzt zeigen, dass ihm so was nicht ein zweites Mal gelingt. Ich hab eine Idee!«

KAPITEL 4

Mama Lola machte sich große Vorwürfe. Joy konnte so dickköpfig wie ihre Mutter sein, als diese damals mit Ray durchbrannte. Sie hätte es wissen müssen, wohin die Geschichte mit Burns führte. Natürlich hatte sie ihre Töchter alarmiert, die sie überzeugen sollten das Duell abzublasen.

Ihre Cousinen warteten bereits auf Joy, als sie mit Paloma die Treppe vom Maison de Plaisir in den Saloon herunterkamen.

»Joy, lass uns die Sache regeln. Wir könnten Burns ganz leicht zum Sheriff bringen«, sagte Amber mit besorgter Miene.

»Auf keinen Fall! Das ist eine Sache zwischen mir und dem Mörder meines Vaters.«

»Ich werde mich mit dem Gewehr auf´s Dach vom Maison begeben«, flüsterte Pink Jessi ins Ohr und war weg, bevor Joy etwas einwenden konnte.

»Wir alle wissen, wie schnell du bist Joy. Wir werden trotzdem draußen aufpassen, dass der miese Halunke keine krumme Tour versucht«, entschied Jessi bestimmt.

Mama Lola kam mit einer Schrotflinte hinter dem Tresen hervor und ging damit zügig zum Ausgang des Saloon. Paloma rannte schnell zu ihr um sie aufzuhalten. Sie wollte verhindern, dass sich ihre Mutter zum Märtyrer macht.

»Mam, es hilft niemanden, wenn du dich jetzt auch noch in Gefahr bringst«, sagte Paloma um ihre Mutter zur Vernunft zu bringen.

»Joy ist noch viel zu jung, um gegen so einen abgebrühten Halunken anzutreten!«

Joy wusste, dass ihre Tante sie wie eine Mutter liebte und sich große Sorgen machte. Sie hatte immer noch Schuldgefühle, wenn sie an ihre Schwester dachte, weil sie damals im Streit auseinander gegangen waren. Joy ging zu ihr.

»Mach dir keine Sorgen. Das ist keine Frage des Alters, sondern reine Nervensache!«, sagte Joy und umarmte Lola, sodass Paloma ihr die Flinte abnehmen konnte. Sie ging damit zum Barkeeper, der sein Gewehr wieder unter dem Tresen versteckte.

Ansonsten war niemand im Saloon. Die Gäste wollten sich die Show nicht entgehen lassen und standen draußen vor der Tür.

Burns stampfte ungeduldig im Straßenstaub herum. Offenbar hatte er die besten Klamotten für das Duell angezogen. Er trug eine saubere Sonntagshose mit goldverziertem Revolver-Gürtel. Er hatte ein schwarzen Cowboyhut mit weißer Lederkrempe auf dem Kopf und an seinen schwarzen Cowboystiefeln klimperten

verchromte Sporen. Er trug ein weißes Hemd und darüber eine mit bronzierten Pailletten verzierte Lederweste. Das alles war Teil seiner grenzenlosen Überheblichkeit.
Er beobachtete gerade eine streunende Katze, die sich am Ende der Mainroad vor der Bank herumdrückte, als die Revolverladys aus dem Saloon kamen.
Burns war ziemlich verblüfft. So viele hübsche Frauen hatte er schon sehr lange nicht mehr an einem Tag zu Gesicht bekommen. Er wollte es sich nicht anmerken lassen, als Paloma mit Joy schließlich auf ihn zukamen.
»Dachte schon die hübsche Lady will kneifen.«
»Zu früh gefreut. Ich werde das Sekundieren übernehmen«, entgegnete Paloma nüchtern.
»Von mir aus«, erwiderte Burns, während sich seine Miene zusehends verfinsterte.
Er hatte nicht damit gerechnet, dass dies Duell so viele neugierige Zuschauer anzog. Er wollte die Sache schnell hinter sich bringen und dann wieder aus der Stadt verschwinden. Vielleicht noch ein Whisky im Saloon und eine Runde Poker, aber danach würde er sich vom Acker machen.
»Haben Sie sich überzeugt, ob ihre Waffe auch geladen ist?«, fragte Paloma.
»Halten Sie mich für´n Idioten. Ich habe genug Kugeln für euch beide!«

Joy hatte bis jetzt nichts gesagt und sah auch kein Grund das zu ändern. Sie taxierte Burns vollkommen relaxed, während Paloma begann das Prozedere zu erklären.

»Also gut. Gehen Sie in ihre Postion. Auf mein Kommando machen beide zwanzig Schritte in die entgegengesetzte Richtung. Sie Mr. Burns in Richtung Schmiede und Joy in Richtung Bank. Ich werde jeden Schritt laut mitzählen. Erst beim Zwanzigsten dürfen sich beide umdrehen und schießen – verstanden?«

»Ja verdammt! Ich mach das nicht zum ersten Mal«, sagte Burns genervt und blickte Paloma mit finsterer Miene an. Er hatte sich noch nie mit einer Frau duelliert und es sich auch nicht träumen lassen, jemals in eine solch prekäre Situation zu gelangen.

Weiber gehörten für ihn in die Küche an den Herd und sollten dem Mann die Füße küssen. In seinen Augen tat er der Welt einen gefallen, wenn er beide unangepassten Frauenzimmern aus dem Verkehr zog. Er nahm sich vor, auch Paloma ein schnelles Ende zu bereiten.

Ein deutlich vernehmbares Raunen ging durch die Menschenmenge vor dem Saloon, als die beiden Kontrahenten losgingen. Dann wurde es aber still, während Paloma die Schritte mitzuzählen begann.

Joy konzentrierte sich auf die Eingangstür der Bank, wie Paloma es geplant hatte. Schritt für Schritt kam sie dem Gebäude näher.

Dann erkannte sie den Grund, weshalb ihre Cousine diese Richtung für sie gewählt hatte. Zunächst undeutlich und dann immer klarer, erschien ihr Spiegelbild in der Glastür. Aber was noch viel wichtiger war, sie konnte auch Burns hinter sich auf der Straße wahrnehmen. »15 – 16 – 17 – 18«, hörte sie Paloma die Schritte abzählen. Dann blieb die Zeit plötzlich stehen !!

>> *Neunzehn* <<

Joy sah im Türglas der Bank, wie Burns sich zu früh umdrehte. Sie kehrte ihm zwar noch den Rücken zu, schnellte aber wie eine Feder in die Luft. Sie machte einen Salto rückwärts, wie sie es im Zirkus als Kind von der Artistin erlernt hatte. Im Sprung ergriff Joy blitzschnell beide Revolver.

Burns stand breitbeinig und schussbereit auf der Mainroad. Er versuchte den Zeigefinger am Abzug seines Colts zu krümmen, während er Joy kopfüber in der Luft sah. Sie feuerte mit ihren beiden Revolvern gleichzeitig, aber kein einziges Geräusch drang an seine Ohren. Noch

bevor Joy mit den Beinen sicher auf der Straße landete, steckten die Revolver schon wieder im Hohlster ihres Patronengurts. Burn´s hatte das Mündungsfeuer aus den Waffen deutlich gesehen, aber keinen einzigen Schuss gehört. Dafür explodierte jetzt sein Schädel wie eine Wassermelone und gleichzeitig sein Herz. Aus seinem Hinterkopf sowie seiner Brust spritzte Blut. Sein Kopf fühlte sich plötzlich hohl an!
Die Wucht beider Projektile schleuderten ihn drei Meter zurück. Burns Körper klatschte wie ein Sack Mehl auf die Mainroad und wirbelte etwas Staub auf, der sich langsam legte.

„Der Abzug an seinem Colt war nicht gespannt!"

Joy stand nach dem akrobatisch ausgeführten Salto längst mit beiden Füßen sicher auf dem Boden. Sie hatte in der Glastüre gesehen, wie Burn´s von der Bildfläche verschwand. Als sie sich umdrehte, applaudierten einige Cowboys vor dem Saloon.
Pink richtete ihre Winchester auf den Deputy, der plötzlich wild gestikulierend und eilig aus dem Sheriff´s Office stürzte. Er rannte auf die beiden Revolverladys zu, die sich erleichtert in die Arme fielen.
»Ich hab alles gesehen – ich hab alles genau beobachtet! Ist der Mann tot?«

»Dem Aussehen nach zu urteilen, würde ich sagen ja. Der Flachwichser steht bestimmt nicht mehr auf«, stellte Paloma zynisch fest.
Pink hatte keinen Schuss abgegeben und auch nicht vor das jetzt zu ändern. Sie stieg von dem Vordach des Saloons herunter und ging zu ihren Geschwistern und den Schaulustigen. Alle blieben neugierig vor dem Saloon stehen und freuten sich schon insgeheim auf eine kleine Zugabe.
»Ich erzähle alles Sheriff Homeland, wenn er wiederkommt«, sagte Howdy bestimmt.
»Tun sie ausnahmsweise mal ihre Pflicht und räumen den Müll von der Straße«, sagte Joy.
Sie wusste zwar, dass von dem Grünschnabel keine Gefahr ausging, war aber leicht genervt. Howdy gehörte zu den vielen Männern, die per Heiratsannonce eine Frau zu bekommen versuchten. Um seine Chancen zu erhöhen, versendete er von seinem spärlichen Gehalt als Hilfssheriff Fahrkarten an die Auserwählten.
»Es ist meine Pflicht sie jetzt festzunehmen!«, sagte Howdy und suchte in seiner Weste nach Handschellen. Dann erinnerte er sich, dass sie an seinem Gürtel hingen und fuchtelte damit ungeschickt vor Joy´s Nase herum.
Joy streckte überraschenderweise bereitwillig die Arme aus. Howdy schaute ihr versonnen

in die Augen und ließ sich für einen Moment von Joy´s türkis-blauen Iris hypnotisieren.
Nach einer Weile hatte er das Gefühl, darin zu ertrinken und blickte verdutzt an seine Arme hinunter, wo die Handschellen jetzt fest seine Handgelenke umschlossen.
Joy schenkte ihm ein süßes Lächeln und überließ ihn sich selbst. Danach ging sie mit ihrer Cousine zu den übrigen Revolverladys, die sie erleichtert in Empfang nahmen.
Ein paar Cowboys klopften ihr anerkennend auf die Schulter und beglückwünschten sie zu dem perfekten Salto.

KAPITEL 5

Die untergehende Sonne tauchte die Gipfel des Teton Rage Mountain in einen goldenen Glanz. Die Luft im weiten Tal von Jackson Hole kühlte sich langsam ab und bescherte den Bewohnern in der Stadt ein angenehmeres Klima.
Es schien ein normaler Abend zu werden, zumindest so normal, wie man es von einer Kleinstadt im Nordosten Amerikas erwarten durfte. In der Johnson Schmiede war noch Betrieb. Man hörte das monotone Hämmern eines Ambosses und das Wiehern der Pferde im Stall, die unruhig auf ihren Hafer warteten. Nebenan beim Leichenbestatter lehnten zwei längliche Holzkisten schräg an der Hauswand. Das Gesicht von Edward Burn´s Leiche und dem unbekannten Outlaw sah vertrocknet aus. Die Kirche hatte sich noch nicht bereit erklärt, die Kosten für das Begräbnis zu übernehmen. Ein Stück weiter die Straße hinunter, gingen die Damen des leichten Gewerbes bei Clothes & Assessor einkaufen. Die Frauen besorgten sich dort auch Parfüm oder Schminke, um sich auf für den Abend attraktiver zu machen. Im Lebensmittelladen von Mr. Baskin herrschte ebenfalls reger Betrieb.

Der Barbier hatte zu dieser Stunde auch noch Kundschaft bekommen. Kurz bevor er seinen Laden schließen wollte, meldeten sich Tango und Homeland für eine schnelle Rasur an.

Sein Laden lag unmittelbar neben dem Sheriffs Office. Nun saßen die beiden Freunde nebeneinander auf zwei Stühlen und ließen sich von Hank den Bart stutzen. Als Howdy den Sheriff durchs Fenster dort sah, entschloss er sich ihm Gesellschaft zu leisten.

Er kam in dem Moment herein, als Homeland von Hank rasiert wurde, während Tango mit einem warmen Handtuch im Gesicht abwarten musste, bis sich seine Haut entspannt hatte.

Howdy konnte sich nur mühsam zurückhalten und lief wie ein aufgescheuchtes Huhn durch den Laden.

»Wenn du dich nicht sofort hinsetzt, knall ich dich ab!«, brummte Tango genervt.

»Habt ihr eigentlich was von dem Duell mitbekommen?«, fragte Hank neugierig.

»Nein, ich war mittags mit Tango bei Stuart auf der Granger Farm. Mary hatte uns zum Essen eingeladen«, antwortete Homeland.

Howdy setzte sich frustriert auf einen Stuhl am Fenster. Dummerweise hatte er genau zu dieser Zeit in der Arrestzelle ein Nickerchen gemacht. Er fiel vor Schreck von der Pritsche, als geschossen wurde. Genau genommen hatte er gar nichts von dem Duell mitbekommen. Er war mit eingeklemmten Schwanz ins Office zurückgekehrt, weil er sich nur dort von den Handschellen befreien konnte.

»Die Leiche war allerdings nicht zu übersehen, als wir zurückgekommen sind«, sagte Tango.

»Der Revolverheld forderte Joy zum Duell. Er hatte nicht die geringste Chance«, sagte Hank.

»Der Sohn vom Schmied kam später auf die Farm und hat alles brühe-warm erzählt. Nachdem was ich gehört habe, muss es wohl der Mörder von Joy´s Vater gewesen sein«, sagte Homeland.

»Ich habe versucht die Revolverlady festzunehmen … «, sagte Howdy schnell um sich zu rechtfertigen.

» … und wurdest selbst verhaftet«, ergänzte Hank amüsiert.

»Howdy hat noch nie ein Duell gesehen«, sagte Homeland, um seinen überforderten Deputy in Schutz zu nehmen.

»Tja, wer sich mit einer Revolverlady anlegt, der sollte vorher unseren Leichenbestatter aufsuchen. Der kann dann schon mal die Maße nehmen«, sagte Tango schmunzelnd.

Homeland führte danach mit Hank und Tango eine angeregte Unterhaltung darüber, wer nun die Bestattungskosten übernehme sollte. Am Ende wurde dem Sheriff klar, dass er sofort mit den Stadtvätern sprechen musste, bevor er den Pfarrer aufsuchen konnte. Die Beerdigung duldete keinen Aufschub. Die Leichen würden bei dem Klima schnell zu verwesen anfangen.

* * * *

In der fortgeschrittenen Abendstunde lief das Geschäft im *Maison de Plaisir* auf Hochtouren. Die Freier gaben sich die Klinke in die Hand und je später es wurde, um so mehr füllte sich auch der Saloon. Die Cowboys kamen endlich von den Ranch´s um sich zu Betrinken und am Spieltisch ihr Geld zu verjubeln.
Es herrschte eine ausgelassene Stimmung. Jim Bones stellte den Farmern frisch gezapftes Bier auf den Tresen, während Kitty schmutzige Gläser abwusch. Fanny bediente die übrigen Gäste und jonglierte wieder die vollen Tabletts durch die engen Tischreihen.
Die Revolverladys saßen wie immer an ihrem Stammplatz in der kleinen Nische vom Saloon. Sie wussten was kommen würde, als Shelly auf dem Klavier zu spielen begann. Lola kam die Treppe von ihrem Etablissement in einem Abendkleid hinunter. Niemanden störte das

leicht verstimmte Klavier während ihre Mutter schließlich den *Chanson de Plaisir* intonierte. Es fehlte nicht besonders viel, dann hätten die Gäste begonnen mitzusingen.

Plötzlich flog die Saloon-Tür auf und Blackjack McKinneon stürmte mit seinem Bruder Frank, dicht gefolgt von Sam und Colby, nebst einem halben dutzend Outlaws herein.

Das Klavier verstummte. Lola ging schnell in die dunkle Nische zu ihren Töchtern, denn sie wollte sicherstellen, dass es keinen Krawall im Saloon gab. Sie wechselte mit ihnen ein paar Worte über den abwesenden Gesetzesvertreter und was sie ohne den Sheriff tun konnten.

»Da draußen liegt einer meiner Jungs in einer Holzkiste. Ich will sofort wissen, wer dafür verantwortlich ist!«, rief Blackjack lauthals in den Saloon.

Einigen Gästen wurde es mulmig. Sie wollten in keine Schießerei verwickelt werden und schlichen sich unauffällig zum Hinterausgang.

»Er hat es nicht besser verdient!«, sagte Kitty, die zufällig in seiner Nähe stand und auf dem Tresen leere Gläser abräumte.

Frank McKinneon reagierte sofort. Er zog den Colt und zielte damit direkt auf Kitty.

»Du hältst gefälligst dein Schandmaul, oder ich stopfe es dir mit blauen Bohnen!«

Der Barkeeper zog seine Schrotflinte unter dem Tresen hervor und richtete sie auf Frank.
»Nimm sofort deine Waffe runter! Meine Frau hat euren Kumpel nicht auf dem Gewissen.«
In dem Moment kamen Sam und Colby von zwei Seiten mit gezogenen Waffen hinter dem Tresen auf den Barkeeper zu. Sie bedeuteten Jimbo mit einer unmissverständlichen Geste, die Schrotflinte auf den Boden zu legen.
Blackjack war ganz in schwarz gekleidet und fixierte mit unbarmherzigen Blicken die Leute im Saloon. Dann zog er ebenfalls seinen Colt und zielte mit ausgestrecktem Arm auf einige Cowboys am Spieltisch.
»Wenn ich nicht sofort eine Antwort kriege, werden ein paar von euch meinem Kumpel da draußen gleich Gesellschaft leisten!«
Daraufhin klaubten vier Berufsspieler an dem Ecktisch des Saloons ihren Gewinn zusammen und versuchten sich ebenfalls unbemerkt zum Hinterausgang zu begeben. In dem ganzen Durcheinander konnte sich auch Pink aus der Nische davonschleichen. Sie hatte sich vorher mit Jessi abgesprochen, die nun aufstand und mutig von hinten auf Blackjack zuging.
»Der Idiot da draußen geht auf mein Konto, und wenn du nicht sofort den Colt wegsteckst, bist du der Nächste!«

Blackjack drehte sich überrascht um. Erst jetzt bemerkte er die dunkle Nische, wo Paloma und Amber mit gezogenen Revolvern standen und ihrer Schwester Rückendeckung gaben. Joy´s stahlblaue Augen signalisierten ihm, das sie jederzeit Schussbereit war.
Es waren eindeutig zu viele Waffen im Spiel. Blackjack wurde klar, dass er im Nachteil war.
»Hätte ich mir auch gleich denken können. Ist die deutliche Handschrift einer Revolverlady gewesen.«
»Du warst doch noch nie ein Schnelldenker, du Mistkerl!«
Frank wendete sich augenblicklich von Kitty ab und richtete sogleich seinen Colt auf Jessi.
»Soll ich sie abknallen, Jack?«
In dem Moment tauchte plötzlich Pink mit der Winchester im Anschlag in der Eingangstür des Saloons auf und zielte damit auf Franks Kopf.
»Das würde ich an deiner Stelle lieber lassen!«
Blackjack gab sich geschlagen und steckte den Colt in das Hohlster von seinem Patronengurt.
»Frank, nimm die Waffe runter! Ich will Jessi einen Drink spendieren und in Ruhe ein paar Takte mit ihr reden?«
»Wurde auch langsam Zeit. Du hast bei mir schon länger eine Rechnung offen.«

Daraufhin entspannte sich die brenzlige Lage. Alle anderen Bandenmitglieder steckten auch ihre Waffen weg. Die Outlaws gingen an den freigewordenen Spieltisch und setzten sich.

Shelly hatte sich die ganze Zeit nicht mehr gerührt. Ihr Rücken hatte sich total versteift und deshalb begann sie wieder ein paar Takte auf dem Klavier anzustimmen.

Pink nahm zögernd ihr Gewehr runter und sah Frank, Colby und Sam herausfordernd an.

»Vielleicht haben die Herren ja Lust auf eine kleine Runde Poker?«

Die ausgebufften Halunken sahen sich fragend an und dachten an die aufgeteilte Beute, wovon jeder was in der Tasche hatte.

»Nichts lieber als das. Kommt Jungs, zeigen wir den Ladys wo der Hammer hängt«, sagte Frank und gab Sam einen Schubs, weil er Pink nur sprachlos ansah.

»Na-ja, Geld haben wir genug«, platzte Sam mit ihrem Geheimnis heraus.

»Halt´s Maul!«, erwiderte Colby schnell.

* * * *

Blackjack konnte sich nur schwer beherrschen. Er war in Alabama aufgewachsen und kam aus einer Familie von Regulatoren. Er hatte im Bürgerkrieg für die Südstaaten gekämpft, um die Abschaffung der Sklaverei zu verhindern.

Nun spielte er als Anführer der Outlaws den Gentleman und bot Jessi einen Barhocker am Tresen an. Sie nahm die Einladung zwar nicht wirklich ernst, setzte sich aber trotzdem bereitwillig neben ihn. Blackjack winkte ungeduldig den Barkeeper heran, der gerade dabei war Bier zu zapfen.

»Ich will eine Flasche vom unverschnittenen Whisky!«

»Ich verkaufe keinen verschnittenen Whisky!«

Kitty hatte gerade einen Tisch abgeräumt und stellte ein volles Tablett mit Gläsern auf dem Tresen ab. Sie guckte Blackjack böse an.

»Wir betreiben hier eine redliche Bar!«

»Schon gut, schon gut. Dann eben eine Flasche von eurem besten Fusel.«

Jim Bones holte daraufhin unterm Tresen eine Flasche schottischen Whisky hervor. Die stellte er zusammen mit zwei Gläsern Blackjack vor die Nase. Der sah ihn drohend an.

Jimbo machte zögernd die beiden Gläser voll und wendete sich sofort ab, um das Tablett abzuräumen und wieder Bier zu zapfen.

»Wo hast du bloß Manieren gelernt?«, fragte Jessi ohne eine Antwort zu erwarten.

»Beklagst du dich etwa? Wir beide hatten doch schon mal´ne Menge Spaß zusammen.«

»Jack – wir haben zusammen nur ein Ding gedreht und das ist ewig lang her! Ich war jung und naiv.«

Blackjack nahm sein Whisky in die Hand und prostete Jessi zu. Sie folgte zögernd seinem Beispiel, denn sie hatte nicht wirklich vor sich mit ihm sinnlos zu besaufen.

»Darauf trinke ich, auf die guten alten Zeiten!«

Wenn Jessi an die alten Zeiten dachte, wurde ihr übel. Zum Glück wusste niemand, dass sie mit Blackjack vor Jahren mal eine Postkutsche überfallen hatte. Ihre Mutter hütete schwerkrank das Bett und sie benötigten dringend Geld für Medikamente. Daraufhin sprach sie mit Frank über ihre Geldprobleme, der ohne sein Bruder in jüngeren Jahren ganz harmlos schien. Er arbeitete auf der Granger Farm und kam in regelmäßigen Abständen im Saloon vorbei. Blackjack hatte schließlich die Idee eine Postkutsche zu überfallen, die manchmal auch Geld beförderte. Außerdem war er sicher, dass Reisende stets Geld bei sich hatten und das es ein leichtes Spiel wäre alle auszurauben.

Jessi wurde nun durch ihre Mitwisserschaft in die Sache hineingezogen. Sie wusste das es falsch war, konnte aber nicht mehr aussteigen. Es dauerte nicht lange, da setzten die beiden den Plan mit ihr in die Tat um. Mit gezogenen

Waffen stoppten sie die Postkutsche.Sie hatten Tücher über Nase und Mund. Während Frank den Kutscher mit seinem Colt in Schach hielt, zwang Blackjack die Fahrgäste auszusteigen.

Jessi durchsuchte die Taschen und erbeutete weit über 300 Dollar. Nachdem die Passagiere wieder in die Kutsche gestiegen waren, befahl Blackjack dem Kutscher weiterzufahren.

Danach flüchteten sie in die Berge des Teton Range Mountain. Blackjack schlug ein Lager auf und teilte die Beute. Jessi wurde von ihm mit 50 Dollar abgespeist. Er und Frank ließen sich volllaufen. Jessi wollte ihre Schuldgefühle verdrängen und trank ebenfalls. Was danach geschah, konnte sie Blackjack nicht verzeihen!!

KAPITEL 6

Nachdem sich die Situation deutlich entspannt hatte, kamen die Spieler wieder zurück in den Saloon. Howdy hatte von alldem zunächst nichts mitbekommen. Er saß im Sheriffs-Office und wartete auf Homeland, der sich in der Kirche mit dem Pastor traf. Die Stadtväter hatten ihm ein paar Dollar für ein Armengrab bewilligt. Nun musste er für das unsägliche Begräbnis der beiden Leichen sorgen.

Howdy döste gerade am Schreibtisch vor sich hin, als ein aufgeregter Farmer hereingestürmt kam und den Sheriff sprechen wollte. Als er die beängstigende Schilderung hörte, dass Outlaws den Saloon aufmischten, machte er sich auf den Weg, um nach dem Rechten zu schauen.

Bea la Boa fing ihn auf der Treppe vom *Maison de Plaisir* ab. Sie lotste ihn in ein stilles Eckchen des Saloons. Bea berichtete das schon wieder alles in bester Ordnung sei und lud ihn zum Trinken ein. Howdy hatte nach der Geschichte mit den zwei Revolverladys ein guten Grund, sich einen Whiskey zu genehmigen. Langsam löste sich seine Zunge. Er beichtete Bea, dass er die Frauen nicht verstünde, während er sich an seinem halbvollem Whisky-Glas festhielt.

»Du bist ja ein ganz Süßer«, stellte Bea La Boa schmeichelnd fest und rückte mit dem Stuhl etwas näher an Howdy heran.

»Ich fand Sie auch schon immer anziehend«, erwiderte Howdy verunsichert mit hochrotem Kopf.

»Mit deinen Blicken hast du mich ja schon fast ausgezogen, du kleiner Schalk!«

Howdy starrte die ganze Zeit wie hypnotisiert auf Bea´s Titten. Das sie einen ausgestopften BH trug, wusste er natürlich nicht. Er trank noch einen Schluck Whiskey und nahm allen Mut zusammen.

»Ich hatte noch nie was mit einer Frau.«

»Oh mein Gott – auch noch Jungfrau!«, rief Bea erfreut aus.

»Ähm – ich bin ein Mann!«

»Weiß ich doch Süßer. Komm mit und lass uns nach oben gehen!«

Bea erhob sich von ihrem Platz und bedeutete dem Deputy augenzwinkernd ihr zu folgen. Er war kein Schnelldenker und reichlich naiv.

Howdy fragte sich krampfhaft, was Bea wohl von ihm wollte. Sie wartete geduldig an der Treppe zum Maison, bevor er endlich kapierte und zögernd hinterher kam. Schließlich folgte er in ein Zimmer, dass mit gemusterter Tapete und einem übergroßen Bett ausgestattet war.

Daneben stand eine Kommode. Vor dem sehr großen Spiegel lag eine lederne Peitsche und andere Dinge, die er noch nie zuvor im Leben gesehen hatte.

»Was sind das hier für komische Sachen?«
Howdy wusste nicht wie er sich jetzt verhalten sollte und stand unschlüssig im Zimmer.

»Ach das da – dass ist was für die ganz harten Hunde«, sagte Bea amüsiert.

Sie ergriff die Initiative und kam langsam auf ihn zu. Dann gab Bea ihm sachte einen Kuss. Dabei überwältigte Howdy plötzlich das Feuer der Leidenschaft. Er drängte sie rücklings auf ´s Bett, stolperte und plumpste auf Bea drauf.

»Nicht so stürmisch junger Mann«, sagte Bea.
Howdy rollte sich von ihr runter auf die Seite und sah Bea verunsichert an.

»Entschuldige. Ähm – was soll ich tun?«
»Entspann dich erst mal, Süßer – ich mach das schon.«

Bea richtete kurz ihre Haare und dann begann sie Howdy bis auf die Unterhose auszuziehen. Sie streichelte ihn sanft zwischen den Beinen. Howdy bekam einen Ständer und wurde rot im Gesicht. Trotzdem ließ er sie weitermachen. Sie bearbeitete sein Glied zunächst mit ihrer linken Hand und kraulte mit der anderen seinen Eier. Howdy stöhnte leise und schloss überwältigt von seinen Gefühlen die Augen. Als Bea sah, wie sehr ihm das gefiel, konnte sie sich nicht mehr zurückhalten. Sie zog seine Unterhose runter und berührte seine Eichel mit ihren Lippen. Sie leckte mit der Zunge daran bis er ganz hart wurde. Dann nahm sie ihn ganz in den Mund.

Howdy fuhr sachte mit seiner rechten Hand unter Bea´s Rock zwischen ihre Schenkel. Nach einer Weile wurde er stutzig.

»Ist das was ich fühle, dass was ich denke?«

»Was denkst du denn, was du gerade fühlst, mein kleiner süßer Draufgänger?«

Howdy richtete sich plötzlich ruckartig auf. Er warf einen Blick auf Bea´s ausgebeulten Slip und guckte sie schockiert an.

»Du bist ja ein Kerl!«

Howdy sprang vom Bett und rannte wie von der Tarantel gestochen mit seinem Liebestöter aus dem Zimmer auf den Flur.

»Sie ist ein Kerl, ähm – Typ, ein Mann «, schrie Howdy vollkommen außer sich.

Er war beinahe an der Treppe zum Saloon, als ihm Blackjack mit Jessi im Arm entgegen kam. Die beiden guckten ihn aus glasigen Augen verwundert an. Erst jetzt bemerkte er, dass er außer einer langen Unterhose nichts am Leibe hatte. Er machte auf dem Absatz kehrt und lief

wieder zurück auf den Flur. Dort kam ihm Bea la Boa mit seinen Klamotten entgegen. Howdy schaute sie kurz entgeistert an und riss ihr verständnislos das Hemd und die Hose aus der Hand. Dann setzte er die panische Flucht fort. Unterwegs zum Hinterausgang versuchte er seine Hose anzuziehen, stolperte über seine Füße und fiel der Länge nach hin.
Aufgeschreckt durch den Lärm, wurden einige Türen aufgerissen. Ein paar Huren sahen verwirrt den Gang hinunter.
Blackjack war total betrunken. Er beobachtete grinsend den Deputy, während der sein Hemd falsch herum anzog und die Treppe zum Hinterausgang suchte. Bea blickte wiederum Jessi hinterher, als sie mit Blackjack in dem frei gewordene Zimmer verschwand. Danach ging sie ungesehen in das Büro von Mama Lola.

* * * *

»Der hatte es aber sehr eilig«, lallte Blackjack amüsiert und lies die Zimmertür hinter sich ins Schloss fallen.
»So sind die Männer«, sagte Jessi vergnügt.
Blackjack wollte keine mehr Zeit verlieren und entledigte sich schnell seiner Stiefel und der Lederhose. Er zog Jessi rüde auf den Bettrand.
»Ich hoffe, du bist in Stimmung?«

»Ich weiß doch, was du gern hast«, sagte Jessi und biss ihm ins Ohrläppchen.

Das brachte Blackjack voll auf Touren. Er riss sich das Hemd vom Oberkörper und fiel wie ein hungriger Wolf über Jessi her.

»Baby, gib´s mir! Ich will dich – jetzt sofort.«

»Nicht so stürmisch, du Wüstling!«, sagte Jessi und stieß ihn zur Seite.

Dann zog sie ihm seine löchrige Unterhose aus und sich selbst bis auf´s Mieder.

Blackjack beäugte ihre perfekten Rundungen und grunzte voller Begierde, während Jessi ein paar Lederriemen von der Kommode nahm und damit seine Hände am Bettgestell fesselte.

»Erinnerst du dich noch an das Letzte Mal?«, fragte Jessi verschmitzt lächelnd.

»Oh ja – natürlich! Das war´n heißer Ritt. Wir hatten so richtig viel Spaß.«

Jessi setzte sich auf Blackjack und begann ihr Becken rhythmisch hin und her zu bewegen. Sein Glied schwoll sogleich auf eine stattliche Größe, während Jessi den schwarzen Slip auszog und ihm damit die Augen verband.

»Falsch – du warst hacke voll und hattest viel Spaß.«

»Na und, jemand musste dich mal ordentlich zureiten«, erwiderte Blackjack gleichgültig mit geschwollener Brust.

»Du hast mich brutal vergewaltigt!«
»Ach komm schon Baby – ich hab´s doch in deinen Augen gesehen. Es hat dir gefallen!«
»Ich war sechzehn und noch Jungfrau!«
»Gib´s zu, du warst spitz wie´ne Honigbiene.«
»Jetzt bin ich eine Wildkatze mit sehr scharfen Krallen!«
Blackjack war noch immer überzeugt, dass sie ihn unwiderstehlich fand. Insgeheim dachte er die ganzen Jahre über, bei jedem Weib das er sich genommen hatte, immer nur an sie.
Jessi-Me-en sprang kurz entschlossen auf und ging zur Kommode. Dort schnappte sie sich die Lederpeitsche und begann Blackjack damit zu bearbeiten. Zunächst sanft und dann immer härter.
Blackjack´s Sinne wurden von Endorphinen durchflutet und der Alkohol betäubte zugleich seinen Körper.
Nachdem Jessi sich ein wenig abreagiert hatte, setzte sie sich auf ihn und spreizte ihre Beine. Sie bewegte langsam ihr Becken auf und ab. Blackjack stöhnte und drohte wie ein Vulkan zu explodieren.
Plötzlich zog Jessi ihr Messer hervor und ritzte auf seiner Brust schnell und geschickt ein paar Buchstaben ein. Blackjack fühlte zuerst warme Flüssigkeit auf der Haut und glaubte für einen

Augenblick er hätte schon ejakuliert. Das Blut krabbelte langsam über seinen Bauch und lief in den Nabel.

Bevor Blackjack begreifen konnte was Jessi mit ihm angestellt hatte, fesselte sie ihn mit seinem Gürtel die Füße am Bettgestell. Jessi wischte das blutige Messer an seinem Baumwollhemd sauber und nahm sich ihre Klamotten.

Danach streifte sie sich ihre Sachen über und verließ lautlos das Zimmer. Auf Blackjack´s Brust stand nur ein einziges Wort . . .

RAPIST

KAPITEL 7

Bea la Boa war ein sehr feminin aussehender transsexueller Mann. Sie trug rotbraune halblange Haare, hatte grün-blitzende Augen und immer ein Lächeln auf den Lippen. Außerdem hatte sie Mama Lola´s vollstes Vertrauen bei der Aufgabe, die Huren richtig zu unterweisen und zu beschützen. Sie konnte in brenzligen Situationen ungeahnte Kräfte mobilisieren.

Bea kam gerade aus dem Büro des Maison von einer Besprechung mit Mama Lola. Sie ging auf dem Flur entlang und beobachtete erstaunt wie jemand aus einem der Zimmer schlich.

Sie hatte schon ein paar Zechpreller erwischt und ihnen die Leviten gelesen. Den wollte sie sich ebenfalls vorknöpfen und ging ihm auf leisen Sohlen im dunklen Flur entgegen.

»Hoppla – ich dachte schon, du bist einer von diesen Hurenböcken, die sich ohne zu Zahlen verpissen wollen.«

»Ich dachte auch dasselbe von dir«, sagte Jessi erschrocken und steckte ihr Messer wieder ein.

»War das vorhin nicht Blackjack?«, fragte Bea neugierig, obwohl sie ihn bei offenstehender Zimmertür erkannt hatte.

»Kann schon sein«, sagte Jessi verunsichert. Sie befürchtete, dass Bea ihr einen Strich durch

die Rechnung machen könnte und neugierig wie sie war das Zimmer aufsuchte.
»Du bist ein schlimmer Finger, Schätzchen.«
»Du hast doch nicht an der Tür gelauscht?«
»Wo denkst du hin. So was würde mir nicht im Traum einfallen. Trotzdem war Blackjack nicht zu überhören«, erwiderte Bea belustigt in einer Unschuldsmiene die Bände sprach.
Natürlich war es für sie als Puffmutter wichtig zu wissen, welche Zimmer belegt und welche frei waren.
»Die Sache mit Howdy war auch nicht gerade diskret«, sagte Jessi schnell, um das Thema zu wechseln.
»Ach Jessi, mit dem Jüngelchen hatte ich´s nun wirklich nicht leicht!«, erwiderte Bea frustriert.
»Ich werd´s für mich behalten«, flüsterte Jessi Bea vertrauensvoll ins Ohr.
»Danke – ach übrigens, deine Mutter möchte mit dir sprechen«, sagte Bea, um ihrerseits vom Thema abzulenken. Sie zwinkerte Jessi zu und gab ihr schnell einen Abschiedskuss auf die Wange.
Jessi zögerte einen Moment und überlegte was ihre Mutter um diese Zeit noch von ihr wollte. Sie hatte keine Lust wegen der Geschichte mit Blackjack eine Standpauke zu bekommen. Sie stand unschlüssig vor dem Geschäftszimmer

des Etablissements, bevor sie die Klinke runter drückte. Als sie hereinkam, saß ihre Mutter am Schreibtisch und schaute nachdenklich auf ein paar von den Familienfotos an der Wand. Dort hingen ein paar Bilder mit ihr und den Vätern ihrer Kinder.

»Da bist du ja endlich, Jessi! Hab mich schon gefragt, wo du solange steckst?«

»Ähm – ich musste noch eine alte Rechnung begleichen!«

»Ich möchte, dass du mit deinen Schwestern zur Granger Farm reitest. Stu hat am Fuße der Berge so was wie ein Notsignal gesehen.«

»Bist du sicher das er nicht betrunken war und der Vollmond ihm einen Streich gespielt hat?«, fragte Jessi widerwillig.

Sie hatte jetzt wenig Lust über zehn Meilen außerhalb der Stadt durch die Nacht zu reiten.

Sie wollte lieber Blackjack und seine Bande im Auge behalten und solange aufpassen, bis die wieder friedlich abzogen.

»Meine alten Freunde Coltsen und Bridger sind noch da draußen. Ich mache mir Sorgen, dass ihnen was zugestoßen sein könnte.«

»Die beiden erfahrenen Trapper kennen sich doch aus wie sonst keiner«, sagte Jessi genervt.

»Keine Widerrede! Seht zu das ihr in die Hufe kommt«, erwiderte Mama Lola bestimmt.

»Schon gut, werde den Ladys gleich Bescheid sagen«, brummte Jessi missmutig und verließ das Büro, bevor ihre Mutter vielleicht noch auf die Idee kam sie wegen Blackjack auszufragen.
Frank, Sam und Colby waren genauso voll wie Matrosen auf Landurlaub, als Jessi-Me-en am Stammtisch der Revolverladys auftauchte.
Die anderen Outlaws ließen sich am Spieltisch im Saloon ebenfalls ordentlich volllaufen.
»Kommt Ladys, es reicht. Lasst uns abhauen!«
Ihre Schwestern drehten sich überrascht um und sahen Jessi verwundert an.
»Alles in Ordnung mit Dir?«, fragte Amber.
»Das geht jetzt nicht. Wir brauchen noch´ne Revanche«, brabbelte Sam sternhagelvoll.
»Ich bin total Pleite. Diese raffinierten Weiber haben uns ausgenommen, wie ...«, lallte Colby und fiel vom Stuhl.
Frank konnte sich ebenfalls nur noch mühsam auf seinem Platz halten und sah Jessi-Me-en misstrauisch an.
»Wo steckt mein Bruder?«
»Der braucht nach dem anstrengenden Ritt ein bisschen Ruhe«, erwiderte Jessi lächelnd.
Frank versuchte aufzustehen. Er wankte dabei und sank schwerfällig zurück auf seinen Platz.
»Was soll das heißen?«
»Jack hat es sich im Bett bequem gemacht und

will auf keinen Fall von dir gestört werden!«
Frank konnte sich keinen Reim darauf machen und hielt sich notdürftig an der Stuhllehne fest. Langsam begann sich vor seinen Augen alles zu drehen.

Die Revolverladys sahen sich kurz bedeutsam an, woraufhin Pink die Kohle einsackte. Kurz darauf verließen sie schleunigst den Saloon. Kitty und Jimbo sahen den Ladys vom Tresen aus verwundert hinterher.

»Blackjack übernimmt die Rechnung!«, rief Jessi von der Eingangstür den beiden zu.

»Wäre das erste Mal«, murmelte Jimbo seiner Frau ungläubig zu.

Kitty kam das ganze äußerst merkwürdig vor. Nach einer Weile schlich sie sich unauffällig nach oben. Jimbo behielt währenddessen die volltrunkene Bande im Auge. Einige von den Outlaws trieben mit Fanny erneut ihre derben Späße. Sie begrabschten ihren Hintern und ihre ausladenden Brüste. Als Kitty schließlich zurückkehrte, war sie aschfahl.

»Ich glaube es ist besser, wenn du ganz schnell zum Sheriff läufst«, flüsterte Kitty ihrem Mann mit verstörter Miene unauffällig ins Ohr.

»Du siehst aus, als hättest du da oben ein Geist gesehen«, sagte Jimbo verwundert, da er seine Frau selten so verstört gesehen hatte.

»Noch viel schlimmer, den gebändigten Teufel in Person. Wenn ihn allerdings jemand befreit, dann gnade uns Gott«, sagte Kitty verängstigt. Jim machte sich daraufhin sofort auf den Weg.

KAPITEL 8

Stuart Granger kam mit seinem Gewehr von der Koppel. Einige der Jungtiere hatten sich am Zaun zu schaffen gemacht und versucht auszubrechen. Er bewirtschaftete die Farm seit fünfzehn Jahren und kam mit Ackerbau und Viehzucht gerade so über die Runden.

Nach dem Ende des Sezessionskrieges tauchte Blackjack mit seinen Männern in der Gegend auf. Seitdem Frank eine Zeit lang für ihn mehr schlecht als recht gearbeitet hatte, glaubten der Halunke, er wäre ihm was schuldig geblieben. Stuart war von kräftige Statur und lies sich nicht alles gefallen, aber er musste auch seine Familie beschützen. Als orthodoxer Jude war er überzeugter Pazifist. Darum hatte er im Krieg nur als Meldereiter gedient. Das Leben auf der Farm war hart und entbehrungsreich für ihn mit einer Frau und zwei Kindern.

Am heutigen Tag hatte er die Lichtsignale am Fuße des Teton Range Mountain gesehen, als er in der Dämmerung mit dem ältesten Sohn des Schmieds von der Weide kam. Der junge Bursche half ihm manchmal, um die Zäune zu reparieren und wollte wissen, was die Signale zu bedeuten hatten. Stuart erinnerte sich an das Morsealphabet und dachte an die Trapper,

Coltsen und Bridger. Sie waren kurz vor einer Woche auf seiner Farm gewesen, um sich mit Proviant zu versorgen. Stu befürchtete das sie in Schwierigkeiten waren und sagte dem Jungen, er solle seinem Vater davon erzählen. Der wüsste dann schon, was zu tun sei.

Plötzlich hörte er sich langsam nähernde Hufgeräusche und das vertraute Schnaufen von mehreren Pferden. In der Vollmondnacht zeichneten sich die Umrisse von fünf Reitern ab, die auf seine Farm zukamen.

Stuart entsichert das Gewehr und versteckte sich hinter dem einzigen Baum auf seinem Grundstück.

Die Revolverladys galoppierten durch das Tor mit dem Schild Granger-Farm. In langsameren Trab näherten sie sich dem Blockhaus.

Stuart war erleichtert, als er die Töchter von Mama Lola erkannte. Er kam mit gesenktem Gewehrlauf hinter dem Baum hervor.

»Da seid ihr ja endlich! Hab schon befürchtet, dass ihr es heute vielleicht nicht mehr schaffen würdet?«

Joy entsicherte reflexhaft ihre beiden Revolver. In der Dunkelheit konnte man nicht wirklich sicher sein, wer vor einem stand, insbesondere wenn der Betreffende eine geladene Flinte bei sich trug.

»Mensch Stuart, du hast vielleicht Nerven uns so zu erschrecken«, sagte Joy erleichtert.

»Hätte auch ungebetener Besuch sein können. Hier treiben sich manchmal Kojoten und üble Outlaws herum«, erwiderte Stuart und dachte dabei an Blackjack und seine ruchlose Bande. Wenn die sich bei ihm Blicken ließen, gaben sie vor Proviant kaufen zu wollen. Seine Frau Mary bewirtete die Männer nach allen Regeln der Gastfreundschaft während sich die Kinder in der Schlafstube verstecken mussten. Wenn sie dann mit gefüllten Satteltaschen abzogen, sagte Blackjack immer, er solle es anschreiben.

»Keine Panik. Mom hat uns geschickt um nach dem Rechten zu sehen«, sagte Jessi und stieg von ihrem Pferd.

»Der Familie geht's gut. Sind alle gesund und schon im Bett!«

Jetzt stiegen auch ihre Geschwister von den Pferden und führten sie zur Tränke, während sie sich mit Stuart unterhielten.

»Was treibt dich noch so spät nach draußen?«, fragte Amber neugierig.

»Die Rinder sind ziemlich unruhig. Möglicherweise Wölfe! Außerdem habe ich am Fuße des Teton Rage Mountain ein Notsignal gesehen und wollte mich vergewissern, ob ich mich vielleicht getäuscht habe«, erklärte Stuart.

»Sind sie nochmal aufgetaucht?«, fragte Pink, die auch wegen ihres Gespürs für brenzlige Situationen nicht an ein harmloses Lagerfeuer glaubte.
»Ja, ganz kurz. War wohl das letzte Öl in der Lampe. Musste gleich an Coltsen und Bridger denken, denn sie waren vor einer Woche bei mir, um Proviant für die Jagd zu kaufen.«
Joy wurde ungeduldig und holte ihr Pferd von der Tränke. Sie hatten einen gefährlichen Ritt durch Jackson Hole vor sich, wo nachts eine Menge Wölfe und Kojoten auf der Jagd waren. Für sie hatte das ganze eher den Charakter von einem Himmelfahrtskommando.
Sie überprüfte vorsichtshalber die Munition an am Revolver-Gürtel und schwang daraufhin ihren Hintern wieder in den Sattel.
»Dann sollten wir besser keine Zeit verlieren!« Schließlich stiegen auch ihre Cousinen wieder auf die Pferde.
»Danke Stu. Wir kommen bestimmt auf dem Rückweg noch mal vorbei«, versprach Jessi.
Die Ladys verabschiedeten sich noch mit dem üblichen *„Howdy"* von Stuart und gaben ihren Pferden die Sporen.
»Achtet auf Wölfe«, rief Stu ihnen hinterher, während sie schon vom Grundstück trabten.

Sie ritten von der Farm gleich in die Richtung Jackson Hole, doch als sie an eine Abzweigung kamen, hielt Pink plötzlich ihr Pferd zurück.

»Was ist, warum hältst du an?«, fragte Paloma verwundert.

»Ich reite zurück nach Jackson«, sagte Pink und rieb sich unauffällig die Nackenhaare.

»Du treibst mich mit deiner Vorahnung nochmal in den Wahnsinn! Muss das jetzt sein? Dadurch fehlt uns ein guter Schütze in dem verdammten Loch der öden Prärie«, sagte Jessi genervt.

»Okay, vielleicht irre ich mich – aber ich muss das jetzt tun. Spätestens bei Sonnenaufgang bin ich wieder bei euch«, entgegnete Pink und gab ihrem Schimmel die Sporen, bevor ihre Schwestern noch etwas Einwänden konnten.

Dadurch trennten sich die Revolverladys von Pink´s unergründlichem Weg. Sie ritten wohl oder übel ohne sie ins weite Tal von Jackson Hole und Pink galoppierte mit ihrem weißen Schimmel auf die Stadtgrenze von Jackson zu.

KAPITEL 9

Frank sah mit glasigen Augen zum Tresen des Saloons. Langsam schöpfte er Verdacht und fragte sich, wo der Barkeeper solange ab blieb. Die heiße Bedienung war ebenfalls wie vom Erdboden verschluckt. Seine Freunde Sam und Colby lagen vornübergebeugt dösend auf der Tischplatte.

Obwohl Frank sich alles andere als gut fühlte, versuchte er aufzustehen. Sofort begann sich alles zu drehen und ihm wurde augenblicklich übel. Er schleppte sich zum Hinterausgang.

Auf den Treppenstufen drehte sich ihm der Magen um. Er kotzte sich die Stiefel voll und ein paar Schritte weiter die Seele aus´m Leib. Dabei stützte er sich mit den Händen an der Hauswand ab und glaubte schon sein letztes Stündlein hätte geschlagen. Als es ihm etwas besser ging, beschloss er seine Lieblingshure aufzusuchen.

Frank torkelte durch den Hintereingang des Maison de Plaisir. Von dort führte eine Treppe auf den Flur. Er riss mehrere Türen auf, weil er nicht wusste, in welchem von den Zimmern Fanny war. Dabei erschreckte er einen alten Farmer in eindeutiger Postion mit einer Hure.

In einem anderen Zimmer lagen Tango und Shelly schlafend nebeneinander. Er kannte den Kunstschützen und machte schnell die Tür zu. Beim letzten Zimmer auf dem Korridor sah er vorsichtshalber erst mal durchs Schlüsselloch. Dort sah er zu seiner Überraschung ein paar Klamotten von seinem Bruder auf dem Boden liegen. Mehr konnte er nicht wahrnehmen und klopfte darum leise an die Tür.
»Frank – Frank, bist du das?«, sagte Jack mit weinerlich klingenden Stimme.
»Ja Jack – ich bin´s«, flüsterte Frank stockend. Er wusste nicht was ihn erwartet und machte vorsichtig die Tür auf. Der Anblick traf Frank wie ein Donnerschlag. Im Türrahmen stehend, riss er ungläubig die Augen auf, während ihm die Kinnlade langsam nach unten klappte.
Sein Bruder lag vollkommen entblößt auf dem Rücken mit ausgestreckten Armen und Füßen am Bettgestell gefesselt. Blackjack wand sich vergeblich hin und her, um sich zu befreien.
»Steh nicht so blöd herum wie´n Ölgötze und mach mich verdammt noch mal los!«, flehte Blackjack seinen Bruder an.
Frank betrat zögernd den Raum und vermied seinen Bruder dabei anzusehen. Er stolperte prompt über seine Cowboystiefel, die auf dem Boden verstreut herumlagen.

»Soll ich die anderen holen?«, fragte Frank.
»Wenn du jemand ein Sterbenswörtchen sagst, oder eine Andeutung machst, dann bring ich dich um!«
Frank machte sich ungeschickt daran, seinen Bruder von den Fesseln zu befreien. Sie waren fest verknotet, sodass er ein Messer zur Hilfe nehmen musste. Er drehte sich danach schnell um und ging zum Fenster.
Blackjack sprang vom Bett und betrachtete sich im Spiegel von der Kommode. Als er auf seiner Brust das blutige Wort *Vergewaltiger* las, explodierte er und schlug mit einer Faust den Spiegel kaputt.
»Verdammtes Weibsbild. Ich bringe sie um! Wo steckt diese Schlampe jetzt?«, fragte Jack.
Frank stand am Fenster. Es war zu dunkel, um draußen irgendwas zu erkennen.
»Ist vorhin mit ihren Schwestern abgehauen«, erwiderte Frank und kratzte sich nachdenklich am Hinterkopf.
»Ich will das du sofort jemanden von unseren Männern losschickst. Er soll ihr auflauern und sie töten. Ich werde ihn dafür gut bezahlen!«
Blackjack saß jetzt angezogen auf dem Bett. Er rieb sich die wund-gescheuerten Fußgelenke und versuchte danach in seine Cowboystiefel zu steigen.

»Jack – es gibt da noch´n kleines Problem. Die Fotzen haben uns beim Poker ausgenommen wie` n Truthahn. Wir sind total pleite!«

Das war zu viel für die malträtierte Seele eines Bandenchefs von Blackjack´s Kaliber. Er holte kurz aus und verpasste seinem Bruder einen heftigen Faustschlag. Frank ging zu Boden.

»Warum hast du das getan?«, fragte Frank als er sich benommen aufzurichten versuchte.

»Weil du ein Idiot bist!«

Dann verließen die beiden das Zimmer. Frank folgte seinem Bruder mit gesenktem Kopf über den Korridor bis zur Treppe, die in den Saloon hinunter führte. Kitty räumte hinterm Tresen Gläser in ein Regal an der Wand ein.

Plötzlich sah sie Blackjack und Frank auf dem oberen Treppenabsatz stehen. Sie suchten den Saloon nach ihren Kumpanen ab.

Sam und Colby saßen noch immer hacke voll über dem Tisch gebeugt und schnarchten. Den restlichen Outlaws an ihrem Spieltisch ging es momentan auch nicht besser.

Schließlich kamen ihre beiden Anführer die Treppe herunter und gingen zum Tresen.

»Ah, dass wurde auch Zeit. Ich will endlich den Saloon schließen. Das macht dann zwölf Dollar für die Flasche Whiskey und zwanzig Dollar für die restlichen Jungs«, forderte Kitty und versuchte nicht daran zu denken, wen sie eigentlich vor sich hatte.

»Wo steckt denn der alte Whiskey Panscher?«, fragte Blackjack mit bedrohlichem Unterton in der Stimme.

»Meine bessere Hälfte kommt bestimmt gleich zurück. Musste mal kurz austreten.«

»Wie du willst. Dann verrätst du mir jetzt, wo diese miese Schlampe Jessi-Me-en steckt!«

»Ich weiß nicht, wen Sie meinen?«

»Stell dich nicht blöd! Die Revolverlady mit der mein Bruder am Tresen saß«, funkte Frank aufgebracht dazwischen.

Kitty bekam Angst und zog schnell die Flinte von ihrem Mann unterm Tresen hervor.

»Selbst wenn ich´s wüsste, würde ich es euch bestimmt nicht auf die Nase binden«, sagte Kitty und zielte abwechselnd auf die Outlaws.

Blackjack ergriff sofort mit beiden Händen den Lauf der Schrotflinte und hielt ihn direkt vor sein Gesicht.

»Soll ich jetzt Angst haben, du Miststück? Ich mach Kleinholz aus dir und dieser dreckigen Spelunke!«

Blackjack machte eine unverhoffte Bewegung und rammte den Schafft der Schrotflinte Kitty ins Gesicht. Sofort spritzte das Blut aus ihrer Nase. Sie wurde zurückgestoßen und fiel mit dem Hinterkopf auf die Kante des Regalbretts. Ein erschrockener Cowboy stand von seinem Tisch auf und wollte Blackjack eine Bierflasche über´n Schädel hauen. Der scheiterte kläglich und bekam von Frank ein heftigen Fausthieb auf die Nase. Der Mann stürzte zu Boden und landete krachend zwischen zwei Barhockern. Seine Kumpels versuchten jetzt einzugreifen, wurden aber von den übrigen Outlaws die wie auf Kommando vom Spieltisch aufsprangen zurückgehalten. Dadurch entwickelte sich eine deftige Schlägerei, bei der jede Menge Stühle auf den Rücken von einigen Kontrahenten zu Bruch gingen.

Die Outlaws waren allerdings kampferprobter als die Cowboys. Ein paar flüchteten durch die Hintertür, nachdem die meisten von ihnen krachend auf Tischen und zwischen Stühlen auf dem Boden landeten, wobei das Mobiliar zertrümmert wurde.

Urplötzlich stand Jimbo in der Saloon-Tür und sah sich verwirrt nach seiner Frau um. Dicht gefolgt von Homeland und Howdy kämpfte er sich bis zum Tresen durch. Sam versuchte ihn aufzuhalten und bekam ein Kinnhaken, womit Jimbo ihn für eine weile außer Gefecht setzte. Dann musste er einem Cowboy ausweichen der sich gerade mit Colby prügelte und dabei über den Tresen fiel.

Howdy beängstigte die Schlägerei. Er verbarg sich hinter Homeland. Der schoss kurzerhand mit seinem Revolver zweimal in die Saloon - Decke. Howdy stand ungünstig hinter seinem Rücken und bekam ein paar Brocken Putz am Kopf ab. Niemand reagierte!
»Sofort aufhören, verdammt noch mal – oder ich sperre euch alle zusammen in eine Zelle!«, schrie Homeland in den Tumult hinein.
Als diese Warnung nicht fruchtete, ballerte er ein weiteres Mal in die Luft. Endlich bekam er Aufmerksamkeit. Schließlich hatten jetzt alle genug. Sie blickten den Sheriff erschrocken an, während andere noch bewusstlos zwischen zertrümmerten Tischen und Stühlen herumlagen.
Einige suchten auf dem Boden ihre Hüte und verdrückten sich durch den Hinterausgang. Die Outlaws klopften sich den Staub von ihren Klamotten und sahen Blackjack fragend an.
Jim Bones hatte seine Frau endlich hinter dem Tresen gefunden und versuchte schon eine ganze Weile sie zu Bewusstsein zu bringen. Ihr blutender Hinterkopf verhieß nichts gutes.
»Was habt ihr Mistkerle meiner Frau angetan« schrie Jimbo verzweifelt.
»Was ich auch gleich mit dir machen werde!«, erwiderte Blackjack gleichgültig.

»Hier macht niemand irgendwas! Was ist hier passiert?«, fragte Homeland.

»Ist doch klar. Der Wichser hat meine Frau ermordet«, sagte Jimbo erschüttert und kam kurzentschlossen mit der Flinte im Anschlag hinter dem Tresen hervor.

Er ging langsam auf Blackjack zu. Der blickte Jimbo kurz verächtlich an, zog blitzschnell den Colt und schoss ohne zu zögern.

Die Kugel zerriss Jim Bone das Brustbein. Sein Blut spritzte aus der Wunde, bevor er tödlich getroffen zusammenbrach.

Dann richtete Blackjack seine Waffe sofort auf Homeland und Howdy, der sowieso schon wie Espenlaub zitterte. Dabei bildete sich ein Fleck an seinem linken Hosenbein.

»So, dann wäre das auch erledigt. Soll ich mit ihnen weiter machen, Sheriff?«

»Die nehmen nicht freiwillig die Flossen hoch. Knall sie einfach ab und danach verpissen wir uns«, flüsterte Frank seinem Bruder ins Ohr.

In dem Moment tauchte plötzlich Tango durch die Hintertür auf und bewegte sich lautlos von hinten mit gezogener Waffe auf die Outlaws zu. Er schlich sich ungesehen in Blackjack´s Nähe und nahm ihn auf´s Korn.

»Sofort die Waffen runter und Flossen hoch, oder euer Boss ist der Nächste!«

Die Outlaws hoben zögernd ihre Hände und beobachteten Blackjack verunsichert, da Tango ihm mit Nachdruck den Lauf seines Revolvers in den Rücken bohrte.

»Tango, du alter Hurenbock. Du musst auch immer im ungünstigsten Moment auftauchen. Ich hab die ganze Zeit geglaubt, ich hätte dich in Dawsen abserviert.

»Das Denken der Gedanken ist gedankenloses Denken! Du hast mich wohl mit Feldmann verwechselt.«

»Also hat Burns mich doch verarscht. Gut das er schon in der Kiste liegt, wo du auch gleich landest.«

Ein Outlaw aus der hinteren Reihe konnte unbemerkt seine Waffe ziehen. Er schlängelte sich an einem Kumpel vorbei. Der versuchte ihn zurückzuhalten und drückte seinen Arm nach unten. Dadurch löste sich ein Schuss. Die Kugel erwischte Howdy am rechten Arm.

Er schleppte sich jammernd zu den Bierfässern und Tango wurde plötzlich zur Seite gestoßen. Er stolperte gegen Homeland. Sie gingen beide schnell hinterm Tresen in Deckung wo Howdy hinter einem Bierfass kauerte.

»Hilfe ich bin verletzt! Ich sterbe«, rief Howdy. Der Deputy hatte zwar nur einen Streifschuss abbekommen, wiederholte aber beständig den gleichen Satz. Blackjack stieß einen Tisch um und verbarrikadierte sich mit Frank dahinter, während seine Leute bereits herumballerten.

»Wie in alten Zeiten, Tango. Bei drei stehen wir auf und machen ihnen die Hölle heiß! Eins – Zwei ... «, flüsterte Homeland.

Der Sheriff und Tango sprangen plötzlich auf und feuerten die Magazine ihrer Colts leer. Ein paar Outlaws gingen nicht schnell genug in Deckung und fingen sich ein paar Kugeln ein. Blackjack rollte sich auf dem Boden ab und schoss dabei mehrmals in Richtung Tresen, bis sein Magazin auch leer war.

Auf einmal sackte Homeland hinterm Tresen zusammen. Tango schnappte sich im letzten Moment die Schrotflinte vom Barkeeper und zerfetzte mit einer vollen Schrotladung den Tisch hinter dem sich Blackjack befand.

Daraufhin kroch Blackjack so schnell wie eine Kakerlake über den Boden seinem Bruder zum Ausgang hinterher.

Allen Beteiligten ging jetzt nacheinander die Munition aus. Tango suchte unter dem Tresen in einer Schublade nach Patronen für die Schrotflinte. Als er eine fand, hatte Blackjack der Bande schon den Rückzugbefehl gegeben.

»Wir sehen uns wieder, Tango.«

»Fahr zur Hölle!«, schrie Tango ihm hinterher,

während er dabei war nachzuladen. Dann legte er an und zielte auf den fliehenden Anführer der Outlaws, die mittlerweile alle zu ihren Pferden geflüchtet waren. Es machte klick, aber es passierte nichts. Die Schrotflinte hatte eine Ladehemmung!
Homeland raffte sich mit schmerzverzerrter Miene hoch. Er schleppte sich bis ans Ende der Bar, wo Tango seitlich am Fenster stehend die Outlaws beobachtete. Sie stiegen fluchend auf ihre Gäule und redeten mit Blackjack darüber, wohin sie sich verdrücken sollten.
»Schade das uns jetzt die Munition fehlt, um die räudigen Hunde ab-zuknallen«, murmelte Tango und machte eine gequälte Miene.
Die beiden hörten noch ein paar Wortfetzen, wie Blackjack seinem Bruder *Bennet Mills* zurief. Dann gaben sie ihren Pferden die Sporen. Die Outlaws galoppierten auf der Hauptrasse in Richtung Stadtgrenze.
Im Saloon ertönte nun wieder das Wehklagen von Howdy hinter den Bierfässern. Die beiden ignorierten den Deputy.
Homeland sah erst auf sein blutverschmiertes Hemd und danach Tango an.
»Verdammt – eine Kugel hat meine Schulter erwischt. Wo warst du so lange?«, fragte Homeland mit einer schmerzverzerrten Miene.

»Ich hab selig in den Armen einer süßen Maus geschlafen. Dann weckte mich Shelly plötzlich und erzählte mir, was hier abgeht.«

»Du bist zu beneiden. So einen Schlaf möchte ich auch haben.«

»Ich glaube du solltest mit der Schusswunde mal beim Doc vorbeischauen.«

»Iss´n Streifschuss. Ich brauche jetzt erst mal´n ordentlichen Whisky!«

Tango schnappte sich eine von den Flaschen im unteren Regal, die ganz geblieben waren. Dann stützte er Homeland und humpelte mit ihm durch den Saloon nach draußen. Dort ließen sie sich auf einer Holzbank nieder und begannen zu trinken.

KAPITEL 10

Desto näher die Stadtgrenze kam, desto mehr fühlte Pink das etwas schlimmes passiert sein musste. Da sie keine Zeit verlieren wollte, bog sie sofort auf die Hauptstraße von Jackson ab. Das war keine gute Idee! Dort kamen ihr eine ganze Armada Outlaws entgegen und beinahe wäre sie Blackjack in die Hände gefallen.

Sie riss im letzten Moment die Zügel herum und versetzte ihrem Schimmel mit den Sporen einen deutlichen Druck in die rechte Flanke.

Sie wich der Bande im vollem Galopp aus und verschwand in einer dunklen Seitenstraße. Sie wartete bis die Outlaws vorbeigeritten waren und entschied sich für einen Umweg.

Diese Straße wurde nur von einigen Häusern gesäumt. Sie waren nicht beleuchtet, aber der fahle Schein des Mondes waberte wie saure Milch durch die Gasse.

Als sie an der Praxis von *Doc Levancoure* vorbei kam, rannte eine schwarze Katze hinter dem Haus hervor und überquerte die Straße.

Ihr Pferd scheute plötzlich und blieb stehen. Pink wurde misstrauisch. Die Katze war kein gutes Omen und tauchte in letzter Zeit immer auf, wenn eine Gefahr drohte. Sie schaute sich nach allen Seiten um. Im Mondlicht blinkte kurz irgendetwas auf. Durch eine schnell ausgeführte Bewegung flog ein Messer auf sie zu. Pink duckte sich instinktiv zur Seite, aber die Klinge erwischte ihren linken Oberarm und schlitzte die Jacke auf.

Pink schnappte sich reflexhaft ihr Gewehr und lies sich aus dem Sattel fallen. Sie verbarg es unter ihrem Körper und blieb auf dem Bauch liegen. Eine finstere Gestalt kam hinter einer Hauswand hervor auf sie zu.

Pink lag reglos am Boden. Zögernd packte er sein Opfer an der Schulter, um sich von seiner erfolgreichen Attacke zu überzeugen.

Pink drehte sich blitzschnell um und hielt dem Angreifer ihre Winchester unter die Nase.

»Ich schlage vor, du nimmst die Flossen hoch, oder ich puste deine hässliche Visage weg!«

Der Outlaw nahm zögernd die Hände hoch und machte eine verschlagene Miene.

»Ähm - sorry Lady. Ich glaub, ich hab sie mit jemand verwechselt.«

»Das kannst du gleich dem Sheriff erzählen, du hinterhältige Schlange«, entgegnete Pink. Ihr rechter Arm tat weh. Sie musste schnell auf die Beine kommen und stützte sich mit ihrer linken Hand auf dem Boden ab, während sie in der rechten Hand etwas verunsichert das Gewehr im Anschlag hielt. Der Outlaw nutzte die Unbeholfenheit seines Gegners und wollte Pink mit dem Stiefel die Winchester aus der Hand treten, aber sie hatte noch gute Reflexe. Sie zog das Gewehr zurück, bekam aber Dreck ins Gesicht.

Der Outlaw zog seinen Colt, obwohl er wusste das keine Munition mehr in der Trommel war. Die war ihm beim Gefecht im Saloon wie allen anderen Kumpanen ausgegangen.

»Gib mir sofort dein Gewehr!«

Pink schoss einfach, obwohl sie gerade nichts sehen konnte. Der Outlaw sprang zur Seite und merkte, das Pink sich nicht einschüchtern ließ. Der Bluff war in die Hose gegangen und deshalb entschied er sich lieber abzuhauen.

Pink rieb sich schnell ein paar Staubkörner aus den Augen und sah sich irritiert um.

Schließlich entdeckte sie den Outlaw, wie er in Richtung Hauptrasse flüchtete. Am Ende der Seitengasse blickte er sich nochmal kurz um.

Pink hatte die Nase gestrichen voll. Sie nahm sofort die Verfolgung auf. Auf der Mainroad angekommen hörte sie ein lautes Poltern und beobachtete wie der Mann gerade die Tür des Lebensmittelladens von Mr. Baskin eintrat.

Ihre schwarze Lederjacke mit Pailletten und die verchromten Sporen am Stiefel funkelten im Mondlicht, als sie die Winchester durch lud

und auf die offen stehende Ladentür zuging.
»Komm raus du mieser Bastard, oder willst du dein nutzloses Leben als jämmerlicher Feigling beenden?«

Pink ahnte natürlich, dass der Killer nach einer Waffe suchte. Sie ging vorsichtig über die am Boden liegende Eingangstür und blieb breitbeinig in der Ladenmitte stehen.

»Ich wollte Sie nicht umbringen!«, beteuerte der Outlaw verzweifelt.

»Das kannst du gleich dein verwesten Ahnen in ihren Gräbern erzählen.«

Der Outlaw guckte verzweifelt in die Trommel seines Colts und drehte sie langsam hin und her. Er hoffte doch noch eine Patrone darin zu finden, aber das Magazin war definitiv vollkommen leer.

»Du Miststück! Ich mach dich gleich fertig – Blackjack wird mich gut bezahlen.«

»Na prima, dass reicht vielleicht gerade mal für deine Beerdigung, du Armleuchter!«

Der Outlaw sah sich nervös um und entdeckte den Springfield Vorderlader, Modell 1861, der hinter ihm über einem Wandregal hing. Er stieg auf ein Hocker, der hinterm Tresen stand und riss die Waffe aus der Halterung. Dann drehte er sich schnell um und richtete sie auf Pink. Sie lies ihn glauben, dass er entkommen könnte und wich vor ihm nach draußen. Der Outlaw kam langsam mit dem Gewehr aus dem Laden. Schweißtropfen perlten an seiner Stirn herunter. Pink sah ihm gelassen dabei zu, als er den Schafft der Flinte gegen die Schulter drückte und auf sie anlegte. Dabei verengte er sein rechtes Auge und drückte eiskalt ab.

Der Bolzen schlug nach vorne, aber das war auch schon alles. Das Zündhütchen im Kolben fehlte und Mr. Baskin hatte die alte Flinte nur zum Andenken an seinen verstorbenen Vater aufbewahrt.

»Warum glaubst du, hat Mr. Baskin die Flinte an die Wand gehängt? Sind Blackjack´s Spießgesellen eigentlich alle so dämlich wie du?«

»Ich habe eine Nachricht von Jack in meiner Tasche«, sagte der Outlaw und warf Pink einfach das Gewehr vor die Füße.

»Jetzt machst du mich neugierig«, erwiderte Pink und senkte den Lauf ihrer Winchester.

Der Outlaw warf verunsichert einen kurzen Blick in Richtung der Stadtgrenze und griff in seine Weste.

Pink reagierte diesmal blitzschnell und duckte sich als das kleine Stichmesser knapp am Kopf vorbeiflog. Der Outlaw sprintete plötzlich los und schlug wie ein Hase auf der Flucht vor Kojoten mehrere Haken. Dadurch stolperte er über seine eigenen Füße und schlug der Länge nach hin. Vollkommen außer Atem blickte er sich gehetzt um. Danach raffte er sich wieder auf und hastete der Stadtgrenze entgegen.

Pink machte ein paar Schritte auf die Mitte der Hauptstraße. In ihren Augen hatte der Mann genug Zeit gehabt, die richtige Entscheidung zu treffen und sich zu ergeben. Sie legte an und zielte!

Der Outlaw war jetzt nur noch ein paar Yards von der Schmiede entfernt, als der Schuss die Stille der Nacht zerriss. Das Projektil durchschlug sein Hemd und pflügte sich im Rücken an der Wirbelsäule vorbei mitten ins Herz!

Der Killer verabschiedete sich mit einem Salto. Die Wucht des Projektils schleuderte ihn nach vorne und er überschlug sich, bevor er auf die Straße plumpste. Er kollerte noch ein Stück weiter, bis vor den Laden des Leichenbestatter und blieb dort reglos liegen.

KAPITEL 11

Der Lärm schreckte einige Stadtbewohner auf. In ein paar Häusern wurde Licht gemacht und der Vorhang am Fenster zur Seite geschoben. Die Mutigeren öffneten kurz die Haustür und sahen durch den Spalt, wie Pink sich gerade mit stoischer Miene umdrehte und in Richtung Saloon schlenderte.

Sheriff Homeland saß mit Tango noch immer davor auf der Holzbank. Sie leerten ungerührt den letzten Tropfen aus ihrer Whiskey-Flasche und sahen Pink neugierig an, während sie auf die beiden zukam.

»Habt ihr die Show genossen?«

»Beeindruckende Vorstellung«, sagte Tango und hob anerkennend seinen Daumen.

»Kriegt man drinnen noch einen vernünftigen Whisky?«, fragte Pink.

»Die Happy-Hour ist leider vorbei«, erwiderte Tango belustigt.

Pink kannte Tango lange genug um zu wissen, das sein Galgenhumor nichts gutes bedeutete. Sie hatte Blackjack mit seiner Bande weg reiten gesehen. Einer wurde offenbar beauftragt Jessi zu töten. Sie war froh, dass sie ihrem Instinkt gefolgt und zurückgekehrt war, denn sie hätte es sich niemals verzeihen können, wenn ihrer

Schwester bei diesem Hinterhalt etwas zugestoßen wäre. Als sie dann auch noch die Bescherung im Saloon sah wusste sie, dass sie die richtige Entscheidung getroffen hatte.

Nach einer Weile kam Pink mit betroffener Miene und einer geköpften Flasche Bourbon wieder vor die Tür.

»Wie´s aussieht, könntet ihr auch noch einen Schluck vertragen. Was ist hier passiert?«

Tango und Homeland hielten sogleich unisono ihre Gläser hoch. Pink schüttete ihnen nach und machte ihr eigenes Glas randvoll. Damit lehnte sie sich lässig an den Pferdebarren und trank einen kräftigen Schluck.

»Irgendetwas hat Blackjack wütend gemacht und dann ist er ausgerastet. Er hat Kitty und Bones eiskalt abserviert«, sagte Homeland verbittert weil er diese Tragödie nicht verhindern konnte.

»Danach hat er mit Frank und seiner Bande ein mörderisches Spektakel veranstaltet. Wenn denen nicht die Munition ausgegangen wäre, säßen wir jetzt nicht hier«, bemerkte Tango schmunzelnd.

»Und wohin haben sich diese mordlustigen Arschlöcher verpisst?«, fragte Pink neugierig.

»Vermutlich auf irgendeiner Farm in der Nähe von Bennett Mills«, erwiderte Homeland.

»Wo steckt denn der Rest deiner Familie?«, fragte Tango verwundert.
»Meine Geschwister sind in Jackson Hole auf der Suche nach zwei Trappern. Meine Mutter ist wahrscheinlich mit Bea im Chinesenviertel, wenn mich nicht alles täuscht – verdammt – wäre ich doch bloß schon früher hier gewesen, dann wäre die Sache anders ausgegangen.«
»Wenn Blackjack hört, dass du seinen Killer ins Jenseits befördert hast, taucht er sowieso bald wieder auf«, bemerkte Tango und zog die Stirn kraus.
Er kannte Blackjack und seinen Bruder Frank. Sie waren Gesetzlose, die seit Kriegende einen Haufen von ruchlosen Mördern, Banditen und Deserteuren in ihrem Gefolge hatten. Seitdem machten sie die ganze Gegend unsicher.
Ihre Steckbriefe hingen überall. Der Marschall von Bennet Mills hatte ein hohes Kopfgeld auf die Bande ausgesetzt. Dennoch war es ihm auch nicht gelungen, die Outlaws dingfest zu machen.
»Spätestens dann, wenn sie sich mit frischer Munition versorgt haben kommen sie zurück«, sagte Homeland mit gequälter Miene.
Daraufhin kippte er den Rest der Whiskey-Flasche über seine stark schmerzende Schulter.

»Na dann Prost! Aber das ist nicht ihre Party, Sheriff. Sie sind verletzt. Überlassen sie das mir und meinen Schwestern.«

Wenn Homeland vor dem Stadtrat auch schon zugegeben hatte, dass er bei der Durchsetzung von Gesetz und Ordnung im Augenblick überfordert war, wollte er sich trotzdem nicht vor einer Frau die Blöße geben. Er zog seinen Colt und besann sich darauf was er tun musste.

»Darf ich bitten – reichen sie mir das Gewehr und Patronengurt. Im Namen des Gesetzes, sie sind vorläufig festgenommen!«

»Bist du völlig übergeschnappt?«, insistierte Tango verdutzt.

»Tut mir leid – ich kann nicht zulassen, dass jeder in meiner Stadt das Gesetz in die Hände nimmt!«

Pink hätte einfach aufstehen und weggehen können. Homeland wäre nicht mehr in der Verfassung gewesen sie aufzuhalten. Aber sie wollte es dem Sheriff nicht schwerer machen, als es ohnehin schon für ihn war. Seitdem er den Job übernommen hatte, gab es für den alten Haudegen keine ruhige Minute mehr. Deshalb übergab sie ihm das Gewehr.

»Wollen sie Blackjack und seine Mörderbande im Alleingang stellen? Das ist Selbstmord!«

»Ihm ist nur der Whisky zu Kopf gestiegen.«

Tango winkte müde ab und blickte Pink dabei mitfühlend an. Er wusste das sie noch nie eingesperrt war und nicht lange aushalten würde. Glücklicherweise erschien in dem Moment der Deputy in der Saloon-Tür und rückte seinen zerknitterten Cowboyhut zurecht. Er sah noch ganz blass aus und hatte eine kleine Wunde am linken Arm. Sie blutete aber nicht mehr.
»Kann ich helfen Boss?«
Tango sah ihn ungläubig an, aber Homeland war froh das sein Deputy endlich herauskam. Er übergab ihm Pink´s Patronengurt und die Winchester.
»Du kannst die nette Revolverlady ins Office bringen und zu ihrer eigenen Sicherheit vorläufig einsperren.«
»Darf ich sie in Handschellen abführen?«
»Zu deiner eigenen Sicherheit!«, sagte Tango.
Homeland hielt sich die blutende Schulter, die Tango ihm notdürftig abgebunden hatte.
»Mach das Howdy! Ich glaube, ich gehe lieber doch zum Doc, um mich verarzten zu lassen.«
Howdy legte Pink die Handschellen an und machte sich schließlich mit ihr auf den Weg in das Gefängnis. Tango und Homeland leerten den letzten Rest Whiskey aus ihren Gläsern. Danach gingen sie in die andere Richtung von *Doc Levancoure´s* Praxis.

Sie spazierten schweigend nebeneinander her, während sich in Tango´s Kopf ein Teufelchen meldete, dass immer dann auftauchte, wenn er zu viel getrunken hatte, oder ihm etwas gegen den Strich ging. Homeland hatte ihm schon öfters aus der Patsche geholfen, als ihm lieb war. Diesmal war er es, der in der Patsche saß. Er brauchte jede Unterstützung, die er kriegen konnte.

Als Tango mal im betrunkenen Zustand einen Cowboy zum Duell forderte, weil dieser beim Pokern seinem Glück ein wenig nachgeholfen hatte, ging Homeland gerade noch rechtzeitig dazwischen und verhaftete ihn einfach.

Im Sheriffs Office machte er dann ein Flasche Whiskey auf und trank mit ihm bis in die Morgenstunden. Sie redeten über Glücksspiel und den Sinn des Lebens. Manchmal bekam man schlechte Karten, gewann aber trotzdem, weil man gut Bluffen konnte.

Manchmal bekam man ein sicheres Blatt und vermochte nichts daraus zu machen, weil man betrunken war, oder jemand falsch spielte.

Aber es war unklug für eine Hand voll Dollar sein Leben auf´s Spiel zu setzen, oder das eines anderen auszulöschen?

Das kleine Teufelchen flüsterte, dass Sinn und Unsinn relativ dicht beieinander lagen, aber auch ein guter Sheriff nicht unfehlbar war. Sie kamen jetzt an der Schmiede vorbei, wohinter sich die kleine Seitengasse befand.

»Den Rest des Weges schaffe ich auch allein. Du siehst müde aus. Geh nach Hause und hau dich hin!«, empfahl Homeland seinem Freund. Er klopfte Tango auf die Schulter, um ihm für sein Eingreifen im Saloon zu danken. Danach trennten sich ihre Wege. Tango wartete noch ein Weilchen, bis Homeland vor der Praxis ankam und überzeugte sich das sein Freund eingelassen wurde.

KAPITEL 12

Pink bereute es schon nach kurzer Zeit, dass sie sich der Verhaftung nicht entzogen hatte. Wenn man erst mal in einer Zelle saß, bekam man Platzangst und fühlte sich schuldig. Die blöde Scharade mit dem verklemmten Deputy war lächerlich.Für den lüsternen Blick in ihren Ausschnitt, als er ihre Handschellen abnahm, wäre jeder andere Gaffer schon so gut wie tot. Als Pink ihn daraufhin mit ihren stahlblauen Augen durchbohrte, kriegte er weiche Knie und konnte kaum schnell genug den Schlüssel für die Zellentür finden.

Unter anderen Umständen hätte sie sich nicht so einfach ihrem Schicksal ergeben, aber sie wollte dem Trottel nicht noch mehr Probleme machen als er verkraften konnte.

Sie beobachtete noch eine Weile, wie er sich im Office am Schreibtisch ein paar Steckbriefe ansah und dabei an den Fingernägeln kaute.

Schließlich legte er die Füße auf den Tisch und lehnte sich mit dem Stuhl bequem gegen die Rückwand. Nach einer Weile konnte er ihrem Blick nicht mehr standhalten und zog seinen Cowboyhut über die Stirn.

* * * *

Nachdem Tango sich davon überzeugt hatte, das Doc Levancoure um diese Uhrzeit für den Sheriff noch seine Praxis aufmachte, fasste er endlich den einzig richtigen Entschluss Pink aus ihrer misslichen Lage zu befreien. Er ging zielstrebig zum Sheriffs-Office und öffnete die Vordertür.

Er sah vorsichtig durch den Türspalt. Howdy saß am Schreibtisch und schnarchte wie ein Wasserbüffel. Eigentlich wollte er ihn fesseln und knebeln, damit er keinen Alarm schlagen konnte, aber das schien überflüssig zu sein.

Er schlich zum Schreibtisch. Der Hilfssheriff hatte die Gefängnisschlüssel in seiner rechten Hand. Dort baumelte locker ein Eisenring.

Kurz bevor Tango ihn sanft wegziehen wollte, räusperte sich Howdy plötzlich und er musste einen Augenblick abwarten, bis er sicher sein konnte das der Deputy nicht aufwachte.

Danach begab er sich zur Gefängniszelle, die sich im Anbau befand. Sie war definitiv nicht für Frauen gemacht. Außer einer Holzpritsche mit einer verlotterten Decke gab es darin nicht mal einen Nachttopf.

Pink hatte ihn natürlich schon längst bemerkt. Sie wusste, dass es nur Tango sein konnte und war erleichtert, als sie die Schlüssel in seiner Hand erblickte.

»Wurde auch Zeit. Das Ungeziefer in diesem Drecksloch macht mich langsam nervös.«

»Ich habe Homeland noch ein Stück zum Doc begleitet, damit er keinen Verdacht schöpft.« Tango probierte jeden Schlüssel aus, bis er den passenden gefunden hatte. Damit schloss er die Zellentür auf und lies Pink heraus.

Pink umarmte ihren Retter kurz und deutete eine Leidenschaft an, die sie schon lange nicht mehr befriedigen konnte.

Dann schlichen die beiden leise durchs Office. Pink legte ihren Revolvergürtel an und nahm die Winchester aus dem Waffenschrank.

Schließlich verließen sie auf leisen Sohlen das Office. Sie machten einen Umweg und gingen die Abzweigung am Barbierladen entlang.

Diese führte in eine kleine Gasse zur Hintertür des Maison. Sie stiegen die knarzende Treppe hinauf welche sie in den ersten Stock auf einen langen Korridor führte.

»Sei leise, ich will nicht das uns jemand sieht«, flüsterte Pink und hielt Tango am Arm, weil er mit den Cowboystiefeln auf den Holzdielen so viel Lärm machten.

»Mach dich nicht lächerlich. Die meisten Freier sind während der Schießerei abgehauen«, sagte Tango amüsiert.

Am Ende des Korridors war noch eine weitere Treppe, die zu den Räumen der Ladys führte. Pink hielt vor ihrem Zimmer inne und guckte Tango verlegen an, bevor sie die Tür öffnete.
»Da drinnen sieht es ein bisschen chaotisch aus. Ich hatte keine Zeit zum aufräumen ... «
Tango sah plötzlich etwas in ihren Augen, dass er noch nicht kannte. Pink´s Blicke hatten etwas hypnotisches, dass ihn magisch anzog.
Er küsste sie zärtlich, bevor sie weiter dummes Zeug reden konnte. Sie erwiderte seinen Kuss mit leidenschaftlicher Hingabe die ihn beinahe den Verstand raubte.
Jetzt wollte er keine Zeit mehr verlieren und schlug mit einer lockeren Handbewegung die Tür hinter sich zu. Pink konnte auch an nichts anderes mehr denken und legte schnell ihre Weste und die Bluse ab.
Tango machte ein Schritt auf sie zu. Er öffnete routiniert ihren Büstenhalter und knetete eine Weile ihre Brüste, während sie ihm die Hose aufknöpfte. Sie fühlte seine Erregung und rieb sein steifes Glied. Er zog die Lederhose runter. Pink umspielte seine Eichel mit der Zunge. Er gurgelte dabei in der Kehle und entledigte sich schnell vom Rest seiner Klamotten. Sie stellte sich auf Zehenspitzen und presste ihn an sich. Tango befreite sie vom Revolvergürtel der laut

krachend auf den Boden fiel, weshalb sie beide kurz lachen mussten. Pink zog die Hose und ihren Slip aus und Tango umklammerte sofort ihren festen Schenkel. Sie spreizte bereitwillig die Beine und stöhnte, als er sie anhob und in sie eindrang.

Pink bog sich ihm lustvoll entgegen, während er ihren Rücken gegen die Wand drückte. Ihr Becken bebte, als er mit schneller werdender Bewegung lustvoll zustieß. Sie umklammerte mit ihren Schenkeln sein Becken und nach einer Weile bugsierte er Pink ohne loszulassen auf´s Bett.

Irgendwann drehte Pink den Spieß um und übernahm die Initiative. Sie setzte sich auf ihn. Er liebte die vollendeten Brüste und schmiegte sich an sie, berührte mit der Zunge die Nippel und umschloss sie dann mit seinen Lippen.

Sie kosteten die erotischen Genüsse spielerisch aus und verschmolzen dabei in wilder Ekstase miteinander, die bei dem Geschlechtsverkehr von vielen Küssen begleitet wurde, bis sie den Höhepunkt erreicht hatten.

Danach umklammerten sie sich erschöpft vom Liebesakt noch eine zeit lang. Pink war nackt atemberaubend schön. Im Schein der Öllampe schien ihre Haut golden und Tango streichelte sanft ihre Kurven, bis sie schließlich von ihm herunterstieg. Daraufhin machte Pink es sich auf der Decke bequem. Sie stopfte sich am Kopfende vom Bett ein Kissen in den Rücken, während Tango sich ein Zigarillo anmachte. Er inhalierte ein paar Züge, bevor er ihn wissend an Pink weiterreichte.

»Nicht übel. Das kannst du immer noch richtig gut, du alter Schürzenjäger«, bemerkte Pink zufrieden und stieß einen Rauchkringel in die Luft.

»Ist wie Reiten, dass verlernt man auch nicht, wenn man es erst einmal kann«, sagte Tango, »Dann pass gut auf, dass ich dich nicht eines schönen Tages abwerfe«, erwiderte Pink schon etwas ernsthafter und mit einem warnenden Unterton in ihrer Stimme.

»Ich kenne mich mit Wildpferden aus!«

»Ich weiß das ich nicht die Einzige bin. Beim letzten Mal konntest du nicht schnell genug abhauen.«

»Wenn ich mich recht entsinne warst du hacke voll. Du hast Schießübungen wie bei Wilhelm Tell mit der Winchester auf mich abgehalten.«

»Du sagst ständig, du willst drüber nachdenken, und dann bist du wochenlang weg«, sagte Pink frustriert und warf kurz einen Blick auf Tango´s Patronengurt. Er hing am Bett-Gestell direkt neben ihr. Sie ergriff kurzerhand seinen Colt und guckte kurz in die Trommel. Als sie sah das keine Patronen drinnen waren, zielte sie spielerisch damit auf Tango.

»Du bist nicht heimlich irgendwo mit einer anderen verheiratet, oder?«

»Klingt ja echt romantisch. Nimm die Knarre runter, oder willst du mir auf die Tour einen Antrag machen?«, fragte Tango verunsichert.

Pink warf Tango das kalte Schusseisen auf den Bauch. Er zuckte zusammen, während sie sich erhob, über ihn stieg und vom Bett sprang.

»Ich meine es ernst! Wenn ich nicht bald einen Ring bekomme ist Schluss mit l´amour!«, sagte Pink ohne mit den Wimpern zu zucken. Sie raffte schnell ihre Klamotten zusammen und begann sich anzuziehen.

»Jetzt warte doch mal – ich muss vorher noch ein paar Kleinigkeiten regeln!«

Tango schaute ziemlich enttäuscht dabei zu, während Pink den Patronengurt mit Munition aus einer Schublade ihrer Kommode bestückte und danach umlegte. Daraufhin nahm sie ihre Winchester an sich, warf einen kurzen Blick in das Magazin und ging zur Tür.

»Ich auch … !«, erwiderte Pink ernst.

Bevor Pink die Tür aufmachte, deutete sie eine Kusshand an und bevor Tango was erwidern konnte, verließ sie den Raum und ließ die Tür ins Schloss fallen!

KAPITEL 13

Pink hatte sich den Abschied von Tango etwas anders vorgestellt. Eigentlich konnte er sehr charmant sein, aber er war auch ein treuloser Romantiker. Sie wusste nicht woran sie mit ihm war und das machte sie nach dem Sex immer wütend. Zwar fühlte sie sich bei ihm geborgen, aber er hatte noch nie gesagt das er sie liebt. Sie hoffte ein Ring würde beweisen, was er für sie empfand.

Pink war aufgewühlt. So ging es ihr oft, wenn sie mit Tango zusammen gewesen war. Als sie am Hinterausgang die Tür öffnete, zwängte sich in dem Moment die schwarze Katz durch den Türspalt an ihr vorbei.

Pink verstand das sofort als Warnung. Als sie die Katze das letzte Mal gesehen hatte, wurde sie von einem Killer attackiert.

Sie ging langsam auf ihr Pferd zu und sah sich vorsichtig um, bevor sie auf den Sattel stieg. Plötzlich pfiff ihr eine Kugel um die Ohren. Sie zischte knapp an ihr vorbei und durchlöcherte eine Wassertonne. Sie sah den Gewehrlauf auf dem gegenüberliegende Dach, hatte aber kein klares Ziel vor Augen. Dafür war es noch zu dunkel. Der Gegner lag flach auf dem Bauch. Pink erwiderte trotzdem das Feuer. Der erste

Schuss ging in eine Dachschindel. Die zweite Kugel durchlöcherte nur den Cowboyhut des Angreifers. Pink gab ihrem Pferd die Sporen, als der Gewehrlauf verschwand.

Für eine Sekunde war um sie herum alles hell erleuchtet. Es war alptraumhaft. Blitze zuckten am Himmel. Die lautstarken Donnerschläge klangen wie Kanonenschüsse.

Pink beugte sich nach vorn und legte den Kopf an die Mähne des Schimmels. Sie verharrte in geduckter Haltung und ritt im vollem Galopp auf die Stadtgrenze zu. Dabei zuckten aus der tief hängenden Wolkendecke weiterhin Blitze, gefolgt von tiefen Grollen.

Dicke Regentropfen verwandelten die Straße sogleich in eine morastige Schlammpiste. Pink gab ihrem Schimmel nochmal die Sporen und galoppierte in das weite Tal von Jackson Hole.

* * * *

Jackson hatte bis zum Morgengrauen wie eine verstaubte Westernstadt ausgesehen. Doch nun änderte sich dieses typische Charakterbild von einer Minute zur anderen gründlich.

Ein nicht selten stattfindender Wetterwechsel in dieser Gegend brach ein Unwetter vom Zaun, welches durch peitschende Sturmböen, grelle Blitze und betäubende Donnerschläge in

Verbindung mit Monsun-artigen Regenfällen, einer veritablen Apokalypse in nichts nachstand.

Als ob Poseidon anderen Ortes nichts besseres zu tun gehabt hätte, verwandelte sich die Stadt augenblicklich in ein sumpfiges Schlammloch. Jackson schien wie ausgestorben, als Blackjack mit seiner Truppe Outlaws in die Stadt einfiel, ganz ähnlich wie im Bürgerkrieg, als General C. Griffin´s mit einem heimtückischen Überfall Shepherdstown einnahm.

Gleich Ratten, die im Schutze der Dämmerung aus dreckigen Löchern krochen, schlichen ein dutzend Outlaws durch die Seitengassen.

Sie verschanzten sich an strategisch wichtigen Positionen und bezogen Stellungen gegenüber des Saloons, dem Sheriffs-Office und auf den Vordächern von Geschäften, Balkonen und in dunklen Häusereingängen. Zwei Deserteure bauten hinter der Pferde-Tränke ein Gatling Maschinengewehr auf und deckten es schnell mit einem schmutzigen Wollsack ab. Niemand hörte und sah sie kommen!

* * * *

Die Morgendämmerung machte es Pink etwas leichter in dem aufgeweichten Untergrund mit ihrem Pferd auf dem Pfad zu bleiben. Sie hatte schon einige Meilen durch das Tal von Jackson

Hole zurückgelegt, als der Regen endlich nach ließ. Die ersten Sonnenstrahlen schienen durch die aufgerissene Wolkendecke und erwärmten langsam ihren durchnässten Körper.

Plötzlich hörte sie aus der Entfernung Schüsse. Sie gab ihrem Pferd nochmal die Sporen und galoppierte quer Feldein durch das hohe Gras. Kurz darauf entdeckte sie aus der Entfernung ihre Geschwister und Joy mit den Trappern. Sie verteidigten sich gegen ein Rudel Wölfe, dass sie umzingelt hatte. Ihre Pferde scheuten und sie konnten sich nur schwer im Sattel halten, was das Anvisieren mit dem Revolver einschränkte.

Pink stoppte ihr Pferd an einem Findling. Es waren noch mindesten hundert Yards bis zu ihren Geschwistern und sie wollte keine Zeit verlieren. Sie legte den Lauf ihrer Winchester auf den Felsbrocken. Der Leitwolf versuchte in die Hinterläufe von Joys Rappen zu fassen. Da hinter ihr einer der Trapper saß, konnte das Pferd aufgrund des Gewichtes nicht mehr ausweichen. Das Projektil erwischte den Wolf an der Hüfte. Er jaulte und versuchte sich dann winselnd zurück zu ziehen. Joy konnte endlich besser zielen und gab ihm den Gnadenschuss. Jessi guckte verwundert in die Richtung, woher der Meisterschuss kam, und erkannte Pink

an ihrem schwarzen Cowboyhut. Sie machte das einzig Richtige und gab ein Zeichen zur Flucht nach vorne auf den Findling zu.
Die Wolfsmeute war durch den Verlust ihres Leittiers kurz verunsichert und ließ die Reiter durchbrechen. Dennoch gaben einige nicht auf und rannten wild kläffend hinter den Pferden her. Pink hatte bereits nachgeladen und zielte. Sie nahm einen Wolf nach dem anderen auf´s Korn. Ein Schuss, ein Treffer!
Kurz danach säumten den Weg zum Findling mehrere Kadaver. Der Rest von der Meute floh in die entgegengesetzte Richtung, während die Revolverladys total erschöpft von den Pferden stiegen und Pink herzlich umarmten.
»Warum hat´s so lang gedauert? Bist in letzter Minute aufgetaucht«, sagte Jessi vorwurfsvoll.
»Wir konnten uns nur mit Mühe die Wölfe vom Leib halten. Uns ist fast die Munition ausgegangen«, ergänzte Joy ganz aufgeregt.
»Alles in Ordnung mit dir?«, fragte Amber.
»Blackjack und seine Bande haben den halben Saloon zerlegt. Er hat Kitty und Jim getötet! Sie wollten ihn davon abhalten und haben das mit ihrem Leben bezahlt. Als ich los geritten bin hat mich das Unwetter überrascht und ein Outlaw hätte mich beinahe abgeknallt. Zum Glück war es noch zu dunkel«, erklärte Pink.

Ihre Geschwister sahen Pink ungläubig an und mussten diese Neuigkeiten erst mal verdauen. Niemand konnte sich zu diesem Zeitpunkt einen Reim darauf machen, weshalb Blackjack mit seinen Outlaws die Stadt überfallen sollte.

»Dann waren das wohl die gleichen Halunken, die mich überfallen haben!«, schaltete sich jetzt John Bridger in die Unterhaltung ein.

»Zum Glück hab ich dich gefunden bevor dich ein *Grisli* verspeisen konnte«, bemerkte Jimmy Coltsen grinsend. Er war derjenige von beiden Trappern, der ein sonnigeres Gemüt hatte.

»Wenn die Ladys uns nicht aufgegabelt hätten, wären wir beinahe ein gefundenes Fressen für das Wolfsrudel geworden«, ergänzte John.

»Das Unwetter hat uns die Biester eine Weile vom Leib gehalten. Als es vorüber gezogen war kamen sie mit Verstärkung zurück«, sagte Jessi abschließend.

Schließlich bestiegen alle wieder ihre Pferde und machten sich auf den Rückweg in die Stadt. Diesmal ließen Amber und Paloma die beiden Trapper auf ihren Stuten mit reiten, um die höhere Last auf zwei frischere Pferde zu verteilen.

Die Revolverladys waren sich einig nur bis zur Granger Farm zu reiten. Von dort waren es noch zehn Meilen bis nach Jackson. Die Pferde

brauchten dringend Wasser und sie hatten seit Stunden nicht gegessen. Pink berichtete Jessi auf dem Ritt vom Intermezzo mit dem Outlaw und das Homeland sie weggesperrt hatte.
Das Schäferstündchen mit Tango erwähnte sie natürlich nicht. Sie dehnte einfach ihre Zeit in der Gefängniszelle etwas aus. Danach machte sie Jessi eindringlich klar, dass es gefährlich sein könnte auf direktem Weg nach Jackson zu kommen. Sie hatte eine Vorahnung!
Nachdem sie endlich den beschwerlichen Ritt durch das unwegsame Gelände hinter sich gebracht hatten, tauchte schließlich die Rinder-Koppel der Farm auf. Stu reparierte gerade ein Teilstück des Zauns, woran sich am Tag zuvor ein paar Jungtiere zu schaffen gemacht hatten. Als er aufsah und die Revolverladys erblickte, legte er das Werkzeug beiseite und kam auf sie zugelaufen.
»Wie ich sehe, habt ihr den Grund für die Morsezeichen gefunden«, begrüßte Stuart die Trapper erfreut.
»Gut das so´n alter Konföderierter wie du hier draußen aufpasst«, sagte Jimmy Coltson und klopfte Stuart dankbar auf die Schulter.
»Danke Stu! Deine scharfen Augen und die Ladys haben uns den Arsch gerettet. Die verdammten Outlaws haben mich überfallen

und die Mulis den Wölfen als Mahlzeit überlassen«, ergänzte John Bridger erschöpft.

»Beinahe währen wir der Nachtisch gewesen. Wir hatten zu wenig Munition für das ganze Rudel«, gestand Jessi-Me-en.

»Kommt jetzt erst mal mit zur Farm. Mary hat bestimmt noch´n Teller mit Eintopf und einen neuen Verband für deine Kopfwunde, John.«

* * * *

Natürlich hatten sie alle nach diesen Strapazen großen Appetit. Außerdem gehörte es zu den ungeschriebenen Gesetzen der Prärie, dass man die Gastfreundschaft einer freundlichen Farmers-Familie nicht abschlagen durfte. Alle freuten sich auf eine Mahlzeit und begleiteten Stuart zum Blockhaus.

Dort wurden sie von seiner Frau und den zwei Kindern Cicil und Aaron freudig empfangen. Mary kümmerte sich sogleich um John Bridger und verpasste ihm einen neuen Verband.

Während sie ihn verarztete, machten es sich die Revolverladys am Küchentisch bequem.

Die Kinder holten Essgeschirr aus einem Regal und deckten den Tisch. Danach setzten sie sich ebenfalls, während ihre Mutter schließlich den Eintopf brachte. Sie rührte mit der Schöpfkelle um und füllte jedem eine ordentliche Portion auf den Teller.

»Das riecht aber gut. Ich hoffe, wir machen dir nicht zu viel Umstände«, sagte Amber.

»Gute Freunde sind hier immer willkommen«, erwiderte Mary und holte noch schnell einen Korb mit selbstgebackenem Brot aus´m Ofen.

»Der Eintopf sieht echt lecker aus. Nach dem langen Ritt hängt mir der Magen fast in den Kniekehlen«, sagte Paloma gutgelaunt.

»Ihr könnt so lange bleiben wie ihr wollt und euch erst mal von dem langen Ritt ausruhen«, bot Stuart seinen Gästen an.

»Das würden wir gern Stu, müssen aber schon bald wieder los!«, sagte Jessi bedauernd.

Nachdem sie jetzt wusste, dass Blackjack womöglich die Stadt in seine Gewalt gebracht hatte, machte sie sich große Sorgen um ihre Mutter. Außerdem gab es auf einer Farm jede Menge Arbeit zu verrichten.

»Oh, das ist aber schade. Du wolltest mir doch mal zeigen, wie man ein Messer wirft«, sagte Aaron und machte eine enttäuschte Miene.

»Heute nicht mein Sohn. Die Ladys haben was wichtiges in der Stadt zu erledigen«, erwiderte Stuart und schaute Aaron streng an.

»Darf ich mitkommen? Bitte Jessi«, quengelte Cicil mit kindlicher Naivität.

»Gebt Ruhe und lasst die Erwachsenen essen«, sagte Mary bestimmt.

»Blackjack macht mit seiner Bande die Gegend schon viel zu lange unsicher. Damit ist bald Schluss!«, bemerkte Pink trocken.

Obwohl Jessi noch nicht ganz mit dem Essen fertig war, verließ sie auf einmal den Tisch.

Sie ging nach draußen zu dem großen Ahorn Baum und blickte ihn aus der Entfernung eine Weile nachdenklich an. Sie machte sich große Vorwürfe und fühlte sich irgendwie Schuldig. Außerdem war sie immer noch auf Blackjack wütend.

Plötzlich ergriff Jessi blitzschnell das Messer an ihrem Patronengurt und warf es mit Wucht auf den Baumstamm. Sie traf genau in den Mittelpunkt eines kleinen Astloches. Sie ging zum Baum und zog das Messer heraus. Dann wiederholte sie diese Prozedur mehrere Male. Amber kam irgendwann vorbei und sah Jessi eine Weile zu.

»Stimmt was nicht?«

»Ach, schon gut. Es ist nichts«, erwiderte Jessi.

»Ich bin´s Jessi, was ist los?«

»Ich finde es nicht gut, dass die Kinder so was hören«, erklärte Jessi ausweichend, obwohl sie sich eigentlich die ganze Zeit fragte, ob Jack das alles nur wegen ihr angezettelt hatte.

»Du kennst Pink. Sie denkt nur noch daran mit den Qutlaws endlich abzurechnen.«

»Ich doch auch! Dass ist es ja gerade – ich will vermeiden das die Kinder in so einer Welt aufwachsen müssen!«

»Das kann man sich leider nicht aussuchen, aber wir können versuchen, dass Beste für sie daraus machen!«

KAPITEL 14

Die ahnungslosen Stadtbewohner hatten doch langsam mitbekommen das seitdem Unwetter, sich eine wilde Horde von Viehdieben und Deserteuren in ihrer Stadt herumtrieben.
Daraufhin taten sie etwas, dass unter den gegebenen Umständen am sichersten schien. Sie verbarrikadierten Türen und Fenster ihrer Häuser, um ihre Familien zu schützen.
Währenddessen machten sich Blackjack und Frank mit Colby und Sam am rückwärtigen Fenster der Bank zu schaffen.
»Verdammt Sam, geht das nicht schneller, oder brauchst du dafür´ne Stange Dynamit?«, fragte Blackjack genervt.
Sam schüttelte seinen Kopf. Er ächzte von der schweren Arbeit und stemmte sich mit ganzer Kraft gegen ein Brecheisen. Das Eisengitter vor dem Fenster rührte sich aber nicht.
»Ich kriege das verdammte Gitter nicht los!« Blackjack verpasste ihm eine Kopfnuss und sah Colby böse an, der bis jetzt einfach nur untätig herumstand.
»Hilf ihm du Idiot – wir haben nicht ewig Zeit hier rumzustehen! Der Sheriff könnte jederzeit auftauchen.«

»Lass mich mal, du stellst dich einfach zu blöd an!«, sagte Colby daraufhin und riss Sam die Brechstange aus der Hand. Danach begann er mit der Spitze den Mörtel an den Gitterstäben wegzubrechen. Frank sah dabei zu und kratzte sich nachdenklich am Hinterkopf. Plötzlich hatte er eine Idee und hielt Colby am Arm fest.
»Warte, ich hole mein Pferd. Dann knoten wir ein Lasso an das Eisengitter.«
Frank führte seinen Hengst am Zügel vor das Fenster und befestigte ein Ende des Lassos am Sattel. Danach schmiss er Sam das Lasso vor die Füße. Der gaffte ihn nur dumm an und reagierte nicht. Blackjack versetzte ihm erneut eine Kopfnuss.
»Jetzt mach schon, oder brauchst du noch´ne Einladung?«
Sam bückte sich widerwillig und befestigte das Seilende umständlich an den Gitterstäben. Daraufhin gab Frank seinem Pferd einen Klaps auf den Hintern. Es bäumte sich erschrocken auf und machte einen Satz nach vorn.
Blackjack war kurz davor, den Gaul zu erschießen. Dann ballerte er mit seinem Colt in die Luft. Der Hengst galoppierte drauf los und das Seil straffte sich. Mit voller Wucht unter lautem Getöse, brach das ganze Eisengitter aus der Verankerung. Der Gaul lief einfach weiter

und verschwand mit dem Eisengitter hinter der angrenzenden Stadtkirche. Colby wollte sofort als erster in die Bank einsteigen und trat Sam dabei auf den Fuß.

»Autsch – pass auf wo du hintrittst!«

»Ich trete dir gleich in den Arsch! Lass mich vorbei, du Hornochse!«, entgegnete Colby.

»Macht mal Platz ihr Vollpfosten!«, raunte Blackjack beiden Handlangern zu und schob sie einfach zur Seite.

»Beeile dich, wir kriegen gleich Besuch«, sagte Frank verunsichert und ging in die Hocke.

Blackjack stieg sogleich mit seinen Stiefeln auf die Schulter seines Bruders und verschwand durch das Fenster, dicht gefolgt von lautem Fluchen, weil er drinnen kopfüber auf den Boden fiel.

Sam und Colby blickten sich belustigt an. Frank warf ihnen einen giftigen Blick zu, woraufhin Sam widerwillig in die Knie ging und einen Buckel machte. Frank stieg über ihn drüber und knallte in der Bank genauso hilflos auf den nackten Fußboden, weil er wie sein Bruder mit dem Kopf voraus durchs Fenster kletterte und sich nirgends abstützen konnte. Danach hievten sich die beiden Handlanger gegenseitig durchs Fenster und purzelten wie zwei Futtersäcke in die Bank hinein.

KAPITEL 15

Die Wolkendecke hing wie ein Leichentuch über der Stadt. Die Outlaws reckten neugierig die Hälse aus ihrem Versteck, als der Bestatter vor dem Saloon zwei leblose Körper abholte. Sein Gehilfe bedeckte den Barkeeper und seine Frau mit einem grauen Leinensack.
Der Pferdekarren setzte sich langsam wieder in Bewegung, denn das Muli hatte seine liebe Not, diese Fracht durch den Morast zu ziehen. Homeland und Tango kamen gerade aus dem Sheriffs-Office als der Leichenbestatter vor der Schmiede in einer Seitengasse verschwand.
»Hast du heute in der Frühe auch die Schüsse gehört?«, fragte Homeland argwöhnisch.
»Haben mich aus´m süßen Traum gerissen«, antwortete Tango gelassen, während er die Trommel seines Colts mit neuen Patronen von seinem Revolvergürtel auffüllte.
Homeland hatte sich entschlossen im Saloon nach dem Rechten zu sehen. Tango wollte ihn abhalten auf der Hauptstraße entlangzugehen, aber der Sheriff machte sich trotzdem auf den Weg.
»Nicht zufällig von einer Revolverlady?«, kam Homeland unumwunden in den Sinn.
»Wie kommst du denn darauf ?, fragte Tango

während sie jetzt wie zwei alte Schlachtrösser durch den Schlamm auf der Straße stampften.

»Als ich vom Doktor kam, rannte mir Howdy entgegen und berichtete ganz aufgeregt, dass Pink irgendwie aus der Zelle fliehen konnte, während er ein Nickerchen machte.«

»Sieh es ihm nach. Wer schläft, sündigt nicht«, erwiderte Tango belustigt und legte die rechte Hand schussbereit auf den Knauf seines Colts. Jetzt bemerkte auch Homeland das sich hinter der Tränke jemand versteckte und sah kurz einen verdächtigen Cowboyhut, der eindeutig einem Outlaw aus Blackjack´s Bande gehörte.

»Ich glaube, wir kriegen gleich unangenehmen Besuch!«, flüsterte Homeland und zog seinen Revolver.

»Ich kann die Dreckskerle förmlich riechen und sehe überall ihre schmutzigen Stiefel.«

»Ich habe geahnt, dass die letzte Nacht nur ein Vorspiel war.«

»Lass uns hier schleunigst verschwinden und noch einen Whiskey trinken, bevor die Party losgeht«, bestätigte Tango.

Zum Glück waren sie gerade vor dem Saloon angekommen und stiegen schnell die Treppe zum Eingang rauf. Tango drehte sich kurz um und warf nochmal einen prüfenden Blick auf die gegenüberliegende Häuserfront. Auf den

Dächern und hinter einigen Schornsteinen sah er sofort einige Gewehrläufe verschwinden.
Mama Lola richtete zusammen mit Sherry und Bea La Boa den Saloon wieder notdürftig her, als der Sheriff durch die Pendeltür hereinkam. Der kontrollierte vorsichtshalber erst mal den Hintereingang.
Als Tango den Saloon betrat, hinterließ er eine dicke Lehmspur auf dem Fußboden, bevor er sich mit Homeland an den Tresen setzte.
»Der Laden scheint sauber!«, sagte Homeland erleichtert.
»Jetzt nicht mehr, nachdem ihr den Fußboden verdreckt habt!«, bemerkte Lola frustriert.
»Sorry, aber wir brauchen einen Whisky nach dieser langen Nacht«, sagte Tango.
Sherry sah die Sorgenfalten in den Gesichtern der beiden Männer und ging sogleich hinter den Tresen.
»Kommt sofort!«
»Ihr seht ziemlich fertig aus«, sagte Bea La Boa.
»Da draußen liegt jede Menge Ungeziefer auf der Lauer«, erwiderte Homeland angespannt.
»Die Stadt ist voller Kakerlaken!«, sagte Tango mit einem zynischen Lächeln auf den Lippen.
»Der Bestatter war vorhin da. Er hat Kitty und Bones abgeholt und uns erzählt was Gestern passiert ist. Ich bin hier aufgewachsen und seit

Ende des Sezessionskrieg treiben sich einfach zu viele Kakerlaken herum«, bestätigte Bea.

»Zum Glück haben die Grauröcke verloren. Wir sind jetzt eine Nation!«, sagte Homeland. Er dachte an Deutschland und seine Heimat Bayern, welches sich mal wieder mit Preußen im Krieg befand. Es war der Versuch sich von Deutschland abzuspalten, aber es sah nicht gut aus. Danach trank er einen kräftigen Schluck Whiskey.

»Der verdammte Sklavenhandel hat viele der Südstaatler zu Bestien werden lassen.«

* * * *

Die Trapper folgten ihrem Instinkt. Die Ladys hielten die Pferde am Zaumzeug und ließen sich von Jim zu einem überwachsenen Grashügel heranführen. Dahinter befanden sich die verkohlten Überreste eines halb abgebrannten Holzhauses. Es gehörte früher Bridger und lag am Rande der Stadt.

Über einen verborgenen Schleichpfad konnte man von dort ungesehen ins Chinesenviertel gelangen. Sie gingen durch die engen Gassen, bis sie am Hintereingang des Maison de Plaisir angekommen waren.

Sie banden die Zügel der Pferde am Geländer des Treppenaufgangs fest und schlichen sich durch die Hintertür.

Die Revolverladys überzeugten sich zunächst einmal, ob sich in den Korridoren kein Outlaw versteckt hielt. Dann gingen sie runter in den Saloon. Dort wurden sie erleichtert von ihrer Mutter in Empfang genommen. Sie begrüßte hocherfreut ihre Freunde, die beiden Trapper, und schaute besorgt auf den Verband an Jim Bridger´s Kopf.
»Halb so wild. Mach dir keine Sorgen. Sieht schlimmer aus als es ist, Lola.«
»Was ist euch denn in den Bergen passiert?«
»Die Outlaws haben mich überfallen und ausgeraubt.«
»Blackjack hat die Biberfelle und unser ganzes Geld mitgehen lassen. Dann hat er auch noch überflüssiger Weise die Mulis verscheucht«, erklärte Coltsen.
Homeland und Tango saßen bereits mit Pink und Jessi zusammen. Sie wollten wissen, wo sich die Outlaws in der Stadt versteckt hielten.
»Blackjack hat überall Späher aufgestellt. Wir haben ein Schleichpfad benutzt und konnten so unbemerkt in die Stadt gelangen«, erzählte Pink kurz angebunden und ging zum Fenster, um draußen die Lage zu peilen.
Shelly zapfte am Tresen Bier und bemerkte sogar aus der Entfernung, dass irgendetwas zwischen Tango und Pink lief, das auf mehr

als bloße Freundschaft hindeutete. Sie machte schnell ein Tablett voll und ging mit den Biergläsern in die Nische, wo Amber und Paloma mit Joy saßen, um sich von dem langen Ritt auszuruhen.

Jessi blieb bei den alten Haudegen und trank mit ihnen den letzten Rest Bourbon, den Jimbo für Notfälle unterm Tresen versteckt hielt.

»Mich würde brennend interessieren, was Jack und Frank ausgeheckt haben?«, sagte Tango und guckte Jessi fragend an.

»Tango, ich hab kein Schimmer, oder glaubst du immer noch das ich ihn liebe?«, erwiderte Jessi genervt, weil er auf die alte Geschichte anspielte. Sie wusste das Pink ihn damals ins Vertrauen gezogen hatte, weil sie mit Tango Blackjack nachreiten wollte, um ihn für die Vergewaltigung zur Rechenschaft zu ziehen. Dies war zugleich der Beginn ihrer Liaison mit Tango, was Jessi bis heute sauer aufstieß. Sie zuckte gleichgültig mit den Schultern.

»Wir sollten einen Schlachtplan machen, bevor wir hier eingekesselt werden!«, gab Homeland zu bedenken.

»Das haben wir Unterwegs bereits getan. Mit euch beiden Helden sind wir neun gegen schätzungsweise sechzehn sehr gut bewaffnete Outlaws«, warf Jessi schnell ein.

Mama Lola hatte die ganze Zeit aufmerksam zugehört und ging hinter den Tresen. Kurz darauf kam sie mit Jim Bones alter Schrotflinte an den Tisch.

»Kindchen, du hast mich vergessen. Ich werde den Mord an meinem Bruder und seiner Frau nicht einfach auf mir sitzen lassen!«

»Ich ziehe die Samthandschuhe auch aus und werde Dir zur Seite stehen, Lola!«, sagte Bea La Boa selbstsicher.

»Na dann werde ich mich mal nach oben verdrücken«, sagte Coltsen entschlossen, der mit seinem Partner am Tresen saß.

Daraufhin rappelte sich Jim Bridger auch auf und folgte seinem Freund über die Treppe in das obere Stockwerk des Maison.

»Ich komm mit! Ich weiß ein hübsches Plätzen, von wo man die ganze Straße gut überblicken kann.«

»Wartet, ich komme auch mit und helfe euch beim Nachladen«, rief Sherry und lief hinter den beiden her. Sie hatte die ganze Zeit mehr Angst vor einem Konflikt mit Pink, falls sie herausbekam das Tango manchmal bei ihr ins Bett stieg.

Plötzlich erschütterte eine ohrenbetäubende Explosion den ganzen Saloon. Alle gingen in Deckung. Pink schaute vorsichtig aus einem

Fenster, während sich Jessi mit dem Revolver im Anschlag darunter verschanzte. Tango eilte geduckt zur Tür und riskierte einen Blick nach draußen.

»Das kam aus der Bank. Ich kann von hier sehen, dass alle Türen und Fenster komplett herausgeflogen sind!«

»Oh Gott! Da sind unsere Einnahmen vom ganzen Jahr drin!«, sagte Lola erschrocken.

Nun standen auch die anderen Ladys mitten im Saloon und machten sich bereit. Schließlich kam Pink und Jessi zu ihnen. Die Geschwister wussten, was auf sie zukam und sahen sie ernst an.

»Ladys – die Stunde der Abrechnung ist nun gekommen. Wir machen es wie abgesprochen. Auf geht's!«, sagte Jessi.

KAPITEL 16

Allen Beteiligten war klar, das die ganze Sache kein Spaziergang werden würde. Sie hatten einen guten Plan ausgetüftelt. Homeland und Tango sollten immer schön in Reichweite des Saloons auf der Hauptstraße Präsens zeigen und so die Outlaws verwirren, die ohne Befehl ihres Anführers nicht losschlagen würden.

Zusätzlich bekamen sie Rückendeckung von den beiden Trappern aus einem Erkerfenster des Maison de Plaisir.

Das Ablenkungsmanöver sollte es wiederum den Revolverladys ermöglichen, sich durch den Hinterausgang des Saloons davon zu stehlen und über die Seitengasse ungesehen in die Nähe der Bank zu gelangen. Dort wollten sie Blackjack und Frank überraschen und festsetzen, bis der Sheriff kam, um ihn und seinen Bruder zu verhaften.

Soweit der Plan und die Vorgehensweise. Jedoch kam es schließlich anders, als jeder von ihnen dachte.

Homeland ging mit Tango todesmutig zur Vordertür hinaus. Der Morast auf der Straße erschwerte jetzt das Laufen. Nach kurzer Zeit steckten sie mit den Stiefeln im Schlamm fest. Plötzlich kamen vier bewaffnete Reiter aus der

Seitengasse hinter der Bank hervor. Blackjack und Frank mit Sam und Colby galoppierten auf ihren Rössern direkt auf sie zu.

Ihre Pferde schnaubten aus den Nüstern und dampften wie eine Lokomotive. Sie stoppten abrupt vor Homeland und Tango, weshalb Blackjack´s und Frank´s Gäule kurz auf die Hinterbeine stiegen. Homeland flog eine volle Ladung Morast von ihren Vorderläufen ins Gesicht. Frank fand das witzig und grinste die beiden blöde an.

»Wen haben wir denn hier – zwei erstarrte Salzsäulen?«

Blackjack fand das ebenfalls sehr amüsant und richtete abwechselnd den Colt auf Tango und Homeland.

»Nennt mir einen Grund, warum ich euch nicht gleich hier abknallen sollte?«

»Weil ich als Sheriff in dieser Stadt das Gesetz einer Nation vertrete, und zwar der vereinten Staaten von Amerika!«, erwiderte Homeland.

»Wir sind Texaner. Dein Gesülze kümmert uns ein Dreck!«, sagte Blackjack herablassend.

»Genau genommen aus Alabama. Wir sind auf Stars & Bars eingeschworen!«, ergänzte Frank.

»Die Südstaaten haben den Krieg verloren. Grant ist jetzt unser Präsident!«, sagte Tango.

»Aber nicht mehr lange!«, sagte Sam.

»Was soll das heißen?«, fragte Homeland.
»Er wird bald euer Schicksal teilen!«, rutschte es Colby ungewollt heraus.
Tango hielt seinen rechten Arm angewinkelt und berührte sachte den Abzug seines Colts.
»Dann haben wir außer dem Bankraub noch einen guten Grund, euch jetzt gleich zur Hölle zu schicken!«
»Du würdest doch nicht mal einen harmlosen Piepmatz mit deinem Colt treffen, wenn er ein paar Yards entfernt auf einem Ast sitzt. Deine besten Zeiten sind einfach vorbei, du alter Suff-Kopf«, erwiderte Blackjack daraufhin und sah Tango verächtlich an.
Tango kratzte sich mit der linken Hand etwas verlegen am Hinterkopf. Er fragte sich, wie Blackjack darauf kam. Plötzlich flackerte erst schwach, dann immer deutlicher werdend, die Erinnerung an einen längst vergangenen Tag auf. Es war eine lange Pokernacht gewesen, als er ziemlich betrunken aus dem Saloon kam, um nach Hause zu gehen.
Die Morgensonne brannte in seinen Augen wie eine frisch geschnittene Zwiebel. Er suchte nach einem Orientierungspunkt. Dabei geriet die einsame Ulme am Ortseingang undeutlich in sein Blickfeld, wie ein Wachposten der ihm den Weg wies. In der erwartungsvollen Stille

des Morgens schimmerten die Sonnenstrahlen durch die Blätter. Der zwitschernde Piepmatz konnte nur auf dem Baum sein, und zwar auf diesem einzigen Baum, wo sich eine schwarze Katze langsam auf einem Ast an seine Beute heranpirschte.

Tango fackelte nicht lange und zog seinen Colt. Er versuchte die Katze anzuvisieren, um diesen Vogel vor dem drohenden Schicksal zu retten. In seinen Augen verschwammen die Konturen. Er sah alles doppelt!

Zudem hatte er große Mühe den Colt ruhig zu halten und stützte vergeblich mit der linken Hand den rechten Arm ab. Schließlich drückte er ab, verfehlte die Katze und traf den armen Vogel der sich auf wundersame Art und Weise in hunderte bunte Federn verwandelte.

Blackjack zielte mit dem Colt weiter direkt auf Tango. Frank hatte Homeland im Visier. Doch plötzlich wurden die Karten neu gemischt!

Da Jessi´s Plan kläglich gescheitert war, hatte Amber vorgeschlagen zu improvisieren, nachdem sie feststellen mussten, dass die Banditen nicht mehr in der Bank waren. Sie teilten sich auf und starteten einen Überraschungsangriff. Jessi und Paloma machten mit Amber einen Umweg und kamen aus der Seitenstraße von der Schmiede auf die Gruppe zugeritten.

Blackjack und Frank starrten verblüfft auf die schwer bewaffneten Revolverladys.

Kurz darauf stießen Joy und Pink hinter der Bank hervor und galoppierten von dort mit den Pferden auf die vier Outlaws zu.

Die Trapper waren in dem Erkerfenster des Maison de Plaisir unentdeckt geblieben.

Sie nahmen von dort schon eine ganze Weile mit ihrem legendären Bärentöter *B 50* zwei Outlaws auf dem gegenüberliegenden Dach auf's Korn.

»Jessi – hätte nicht gedacht dich hier so schnell wiederzusehen. Hab überall nach dir gesucht« sagte Blackjack leicht verunsichert.

»Suchen lassen! Wenn du keine Rühreier in der Hose hättest, dann wäre der Idiot von einem Killer nicht so blind gewesen, mich mit Pink zu verwechseln!«

»Das hatte für ihn ernsthafte Konsequenzen! Möge Gott seiner verkommenen Seele nicht gnädig sein«, fügte Pink gelassen hinzu.

Blackjack, Frank und ihre beiden Handlanger Sam und Colby sahen sich verunsichert um. Sie hatten Pink und Joy hinter sich noch nicht bemerkt wodurch ihre Bewegungsfreiheit eingeschränkt wurde. Sie wendeten sich jedoch sofort wieder ab, um nicht die drei Ladys mit Homeland und Tango vor sich aus den Augen zu verlieren. Nun waren sie umzingelt und das machte Blackjack nervös. Die Hand womit er den Colt hielt begann unmerklich zu Zittern und seine Leute im Hinterhalt waren ebenfalls unruhig. Blackjack warf einen kurzen Blick auf die Häuserfronten, wo sich der Rest seiner Bande immer noch versteckt hielt.

»Ernsthafte Konsequenzen! Habt ihr das alle gehört«, rief Blackjack lauthals und hoffte das seine kampferprobten Leute die Lage im Griff hatten.

Daraufhin ertönte ein verächtliches Gelächter, was den Revolverladys nun verriet wo sich die Bande auf der Hauptrasse verschanzt hatte.

Zwei Männer hinter der Pferde-Tränke rissen den Leinensack von der Gatling und zeigten sich übermütig mit dem Maschinengewehr.

»Die wird es für euch jetzt auch geben«, sagte Frank.

»Ihr seid feiste Mörder und Diebe, die endlich hinter Schloss und Riegel gehören!«, erwiderte Jessi ungerührt.

»Ihr habt die Stadt lang genug terrorisiert und damit ist jetzt endgültig Schluss. Wenn ihr euch freiwillig ergebt, wird niemand verletzt«, drohte Pink.

»Zufällig hast du in den Satteltaschen unsere Kohle, Blackjack!«, fügte Joy entlarvend hinzu.

Sheriff Homeland zog plötzlich seine Waffe. Blackjack richtete den Colt sofort auf ihn, hatte aber nicht mit Tango´s Reflexen gerechnet.
Der reagierte blitzschnell und schoss Blackjack bevor dieser abdrücken konnte seinen Colt aus der Hand, der dadurch im Matsch landete.
»Runter von den Gäulen! Ich verhafte euch im Namen des Gesetzes!«, verkündete Homeland mit drohenden Unterton in der Stimme.
Blackjack verlor die Geduld.Das Gerede nervte ihn und er fühlte sich ausgetrickst. Er riss die Zügel hoch und wendete blitzschnell seinen Hengst. Er stieß dem Pferd mit den Sporen in die Flanke, weshalb sich der Hengst wiehernd auf die Hinterbeine stellte und wild mit den Vorderläufen strampelte.
Homeland und Tango sprangen auf die Seite.
Joy´s und Pink´s Pferde scheuten ebenfalls.
Dadurch machten sie ungewollt den Weg frei.
Daraufhin geschahen viele Dinge gleichzeitig!
Blackjack verlor das Gleichgewicht. Im selben Moment rutschten ihm die Satteltaschen mit dem Geld vom Pferderücken und fielen in den Matsch. Danach brach das Inferno los!
Die Outlaws feuerten aus ihrer Deckung mit allen Waffen die sie hatten. Die Salven aus der Gatling verwandelten den Matsch in kleine Schlamm-speiende Geysire. Zugleich scheute

der Hengst immer noch und Blackjack rutschte aus dem Sattel. Er plumpste rücklings in den Morast und blieb mit dem rechten Stiefel im Steigbügel hängen. Der Hengst brach panisch aus und galoppierte einfach drauf los. Er zog Blackjack unaufhaltsam auf der Straße durch den Schlamm in Richtung Stadtgrenze neben sich her. Blackjack fluchte und schlug hilflos mit den Armen um sich.

Der Outlaw an der Gatling unterschätzte die Wucht des Maschinengewehrs während er daran herum kurbelte. Er ballerte einfach drauf los und rutsche damit im Schlamm aus.

Sein Kumpel der den Patronengurt hielt und das Maschinengewehr fütterte, wurde herumgerissen und landete ebenfalls im Morast.

Frank, Sam und Colby rissen die Pferde herum und flohen in die entgegengesetzte Richtung. Die Revolverladys sprangen noch rechtzeitig aus dem Sattel, bevor ihre Pferde zu scheuen begannen und ließen sie laufen. Um sie herum peitschten und sausten Kugeln vorbei, aber niemand war bisher getroffen worden.

Alle formierten sich wie abgesprochen schnell in einem Kreis, während die Trapper ihrerseits das Feuer eröffneten.

Es war eine Strategie die Tango vorgeschlagen hatte. Er kannte sie von den Siedlertrecks, und wenn diese von den Indianern in der Prärie angegriffen wurden, bildeten diese mit ihren Planwagen einen Verteidigungsring. Dadurch war es möglich in alle Himmelsrichtungen das Feuer zu erwidern.

Tango nannte es einen Feuerring indem nach jeder Salve alle ein Schritt nach links machen sollten. Der Trick war äußerst effektiv, denn sie boten ihren Gegnern durch die permanente Bewegung ein schweres Angriffsziel. Bridger und Coltsen hatten in dem oberen Stockwerk des Maison eine strategisch wichtige Position, von der aus sie die Angreifer in Schach halten konnten. Die Outlaws auf den Dächern boten ihnen ein zu leichtes Ziel und mussten sich zurückziehen.

Der Feuerzirkel mit Tango, dem Sheriff und den Ladys kam der gnadenlosen Effizienz der *Gatling* gleich.

Als Pink die Position in Richtung Bank einnahm, war Frank McKinneon schon fast außer Schussweite. Ein gezielter Schuss mit ihrer Winchester vereitelte seine Flucht. Er landete tödlich getroffen im Schlamm!

Ein weiterer Schritt nach links und Joy ging in Position. Sie zog blitzschnell ihre zwei Duell-Colts, feuerte und steckte sie sofort wieder ins Hohlster. Sam und Colby, die Frank hinterher ritten, wurden von der Wucht der Projektile nach vorne gerissen. Sie fielen kopfüber von den Gäulen. Sie plumpsten in den Morast und blieben reglos liegen.

Tango ballerte auf alles was sich bewegte. Den rechten Zeigefinger permanent am Abzug und mit dem linken Handballen spannte er wieder und wieder den Hahn locker aus der Hüfte.

Beinahe hätte er instinktiv die schwarze Katze erwischt, die gerade vor einem Outlaw auf dem Dach die Flucht ergriff. Tango entschied sich dann aber doch für den gefährlicheren Gegner, der von dort auf ihn schoss.

Der Outlaw wurde von zwei Kugeln getroffen und brach krachend durch das Vordach des Lebensmittelladens auf die Holzplanken.

Jessi schoss mit ihrem Revolver auf die beiden Outlaws, die sich hinter der Pferde-Tränke abmühten die Gatling wieder zu positionieren. Danach versuchten sie das Feuer zu erwidern, doch nach ein paar ungenauen Salven aus der Gatling blockierte die Kurbel. Der Nebenmann hatte den verdreckten Munitionsgürtel einfach aus dem Schlamm gezogen und damit immer weiter das Maschinengewehr gefüttert.

Jessi schoss ihr Magazin leer und verwundete den Outlaw schwer. Der Zweite kam plötzlich mit seinem Colt wild um sich ballernd auf die

Straße gesprungen. Jessi´s Position war perfekt und anstelle der Munition, zog sie reflexhaft ihr Messer aus´m Gürtel. In dem Augenblick traf Jessi eine Kugel von dem schnell auf sie zu stürmenden Outlaw. Der stechende Schmerz in ihrer linken Schulter hinderte sie nicht, mit dem rechten Wurfarm blitzschnell auszuholen. Das Messer flog so schnell wie ein Pfeil und durchbohrte die Kehle des Outlaws. Er brach vor ihren Füßen röchelnd zusammen.

Homeland erwischte oft Gegner, die manchmal aus der Deckung kamen um zielsicherer treffen zu können. Er verletzte jedoch einen Outlaw nur leicht, der daraufhin in den Saloon flüchtete. Es war eine verlorene Schlacht für die Outlaws.

Sie wurden von den meisten Feuergarben des Verteidigungsrings erwischt und fielen der Reihe nach wie nasse Säcke von den Dächern. Niemand überlebte das Trommelfeuer aus den glühenden Schießeisen der Revolverladys und dem Gewehrlauf von Pink´s Winchester. Sie streckte einen flüchtenden Outlaw nach dem anderen damit nieder, die für Revolverschüsse zu weit entfernt waren.

* * * *

Mama Lola und Bea La Boa glaubten sich schon in Sicherheit, während die Schießerei dem Ende zuging. Sie hockten die ganze Zeit hinter dem Tresen wo sie kein Querschläger treffen konnte. Doch dann stürzte plötzlich der Outlaw zur Vordertür herein, den Homeland angeschossen hatte.

Er blutete leicht am Oberarm und blieb kurz im Eingang stehen. Lola sprang auf und zielte mit der Schrotflinte auf ihn.

»Keine falsche Bewegung, oder ich schieße!«

Der Outlaw blickte sie verdattert an und hob seine Arme zögernd nach oben. Gleich darauf machte er eine schmerzverzerrte Miene und fasste sich mit der linken Hand an die Wunde seines rechten Oberarms. Er senkte etwas den Arm und ließ seine Hand zum Colt gleiten. Lola drückte ab, aber es machte nur *Klick*.

Der Outlaw wunderte sich einen Augenblick. Dann legte er mit seinem Colt auf Mama Lola an und grinste hämisch.

»Haben Sie noch einen letzten Wunsch?«

Bea rutschte das Herz in die Hose. Sie hockte immer noch ungesehen hinter dem Tresen und krabbelte auf allen Vieren bis zum Barende. Sie schnappte sich den nächstgelegenen Bar-Hocker, sprang hoch und zertrümmerte ihn von hinten auf dem Kopf des Outlaws. Aber trotzdem löste sich ein Schuss, während der Mann zusammenbrach. Das Projektil zischte knapp an Lola´s Kopf vorbei und zerschlug ein Whiskyglas im Regal.

»Oh Gott – Lola, ich hab mir fast in die Hose gemacht. Bist du okay?«, fragte Bea und rannte sofort hinter den Tresen zu ihr.

»Ja Bea, nichts passiert. Ich finde bloß keine Patronen für die blöde Flinte!«, erwiderte Lola.

»Lass mich mal sehen, Schätzchen.«

Bea durchsuchte die Schubladen unter der Bar. Der Outlaw stöhnte und kam langsam wieder zu sich. Er raffte sich mühsam auf und suchte verwirrt nach seinem Colt.

»Beaaaaaaaaa!«, schrie Mama Lola verzweifelt. Bea blickte auf und reagierte sofort. Sie riss eine Schublade heraus, wodurch sie den Inhalt auf dem Boden verteilte und schleuderte sie dem Widersacher entgegen.

Der Outlaw duckte sich und sah seinen Colt, der hinter ihm auf dem Boden lag. Im gleichen Moment entdeckte Bea eine Patrone, die aus der Schublade gefallen sein musste.

In Windeseile schnappte sie die Flinte und führte die Schrotpatrone ein, während der Outlaw sich bückte und seinen Colt ergriff. Als er wieder hochkam um zu schießen, traf ihn die volle Ladung Schrot. Er wurde zurückgerissen und in einem hohem Bogen durch die Saloontür nach draußen geschleudert.

»STRIKE!«, rief Bea.

»Wir sind ein verdammt gutes Team?«, sagte Mama Lola erleichtert und umarmte Bea überglücklich darüber, es diesem Halunken gezeigt zu haben.

KAPITEL 17

Die Sonne schien wieder mit erbarmungsloser Glut. Die Luft flirte wie in einem Backofen über den Dächern der Stadt, während einige Ladenbesitzer noch dabei waren die letzten Blutspuren von Eingangstüren abzuwischen, oder zerbrochenes Fensterglas zu ersetzen.
Am Tag zuvor hatte sich der Bestatter redlich bemüht die Leichen abzutransportieren. Der Schmied und sein Sohn halfen dabei und ein paar Leute, die er vorher noch nie gesehen hatte. Sie wollten die ruchlosen Mörder und Banditen schnell unter die Erde bringen, bevor sie an zu stinken fingen. Außer ihnen hatte niemand die geringste Ahnung in welchem Loch sie verschachert wurden, oder ob man ihre Kadaver einfach den Wölfen und Kojoten zum Fraß überließ.
Jedes Gefecht fordert einen Tribut und das galt auch für die Sieger. Die Schießerei vom Vortag war an keinem Spurlos vorbeigegangen.
Doc Levancoure hatte abends alle Hände voll zu tun, um Jessi wieder zusammenzuflicken.
Die Kugel des Outlaws steckte noch in ihrer Schulter und war knapp über´m Schlüsselbein eingedrungen. Er operierte sie mit der Routine eines Feldarztes, sowie er auch die Blessuren

ihrer Geschwister behandelte. Amber, Joy und Paloma hatten Streifschüsse abbekommen die unangenehm waren, aber niemand von ihnen war ernsthaft verletzt. Mama Lola umsorgte ihre Töchter wie eine Glucke ihre Küken, weshalb die Ladys am nächsten Morgen schnell aus den Betten hüpften und so taten, als wäre nichts geschehen.

In ihren Augen war das ganze nicht mehr als einen guten Schluck Whiskey wert, wofür sie sich schließlich alle am frühen Nachmittag zur Siesta einfanden.

Homeland und Tango saßen bereits auf ihrer angestammten Holzbank neben dem Eingang vom Saloon, als die Revolverladys mit Stühlen herauskamen, um es sich bequem zu machen.

»Hat eigentlich jemand mitbekommen, wohin Blackjack geflüchtet ist?«, fragte Homeland beiläufig.

»Geflüchtet? Sah eher nach´m unfreiwilligen Abgang aus«, sagte Pink die sich gerade neben Amber auf dem Treppenabsatz dazugesellte. Ihre Geschwister begannen zu Kichern. Es war fast so wie in ihren Kindheitstagen, als sie die Stadtbewohner mit ausgefallenen Streichen in Atem hielten.

»Genau genommen ist sein Hengst geflüchtet und hat Blackjack mitgerissen«, bemerkte Joy.

»Ich hätte jedenfalls nicht mit ihm tauschen wollen«, sagte Paloma amüsiert.
»Die Frage ist bloß, wo er jetzt steckt?«, fragte Tango mit ungerührter Miene.
»Unglaublich, dass mir diese Hyäne entwischt ist«, sagte Homeland frustriert.
In dem Augenblick kam Lola mit einem vollen Tablett zu ihnen. Sie brachte die letzte Flasche irischen Whisky aus ihrem Geschäftszimmer vom Maison mit, die sie für besondere Anlässe aufgehoben hatte. Sie verteilte die Gläser und machte sie mit Bourbon randvoll.
»Könnt ihr zur Abwechslung auch mal an was anderes denken? Wir haben zum Glück die Satteltaschen erbeutet. Ohne das Geld wären nicht nur wir, sondern alle Läden in der Stadt am Ende gewesen«, sagte Lola anerkennend.
»Wir wären Pleite!«, bemerkte Bea erleichtert.
Wie auf Kommando tauchte jetzt die schwarze Katze auf. Sie lag die ganze Zeit im Schatten unter der Treppe und blickte Bea sehnsüchtig an. Tango zog sofort seinen Colt, spannte den Hahn und nahm den Kater damit auf´s Korn.
»Einen Raudi hätte ich beinahe vergessen!«
Sheriff Homeland sah Tango mahnend an und drückte energisch seinen Arm herunter.
»Mag sein, aber die Katze ist unbewaffnet!«
Die Katze lief zielstrebig auf Bea la Boa zu und

sprang schnell mit einem Satz auf ihren Schoß.
»Da bist du ja, mein kleiner Streuner.«
»Jetzt bin ich aber platt!«, sagte Pink verblüfft. Tango steckte widerstrebend den Colt zurück ins Hohlster und blickte Bea verständnislos an, während sie den Kater sanft streichelte.
»Ich glaub´s einfach nicht. Du hast das Untier gezähmt?«
»Bist du etwa abergläubisch, oder einfach nur Katzenparanoiker?«, fragte Bea verwundert.
»Natürlich nicht – aber eine schwarze Katze bringt Unglück!«, erwiderte Tango überzeugt.
In dem Moment erschien Mama Lola wieder in der Saloon-Tür und hielt eine Schale mit Milch in der Hand, woraufhin der Kater von Bea´s Schoß runter hüpfte und auf sie zukam. Sie stellte die Schale vor seiner Stupsnase ab.
»Eine schwarze Katze bringt dem Haus in dem sie lebt, Glück!«, sagte Lola und streichelte den Kater kurz über´n Kopf. Danach schnupperte er kurz an der Schale und begann die Milch auf zu schlecken.
»Nun-ja Mam, in dem Fall doch wohl eher Glück im Unglück. Denk an Jimbo und Kitty«, sagte Jessi und kippte ihren letzten Schluck Bourbon runter. Sie hatte noch Schuldgefühle und war überzeugt, dass sie ihr Schicksal hätte abwenden können.

Plötzlich hörte Pink ein Geräusch in der Ferne, dass ihr nur allzu bekannt war. Sie ergriff ihre Winchester und erhob sich von ihrem Platz. Ihre Geschwister sahen sie verwundert an. Dann hörten alle die schlagenden Hufe eines Pferdes im vollem Galopp.

»Das ist wahrscheinlich die Postkutsche«, sagte Amber beschwichtigend.

»Die kommt normalerweise doch am frühen Abend«, sagte Jessi mit kritischen Unterton in der Stimme.

Alle starrten wie gebannt auf eine Staubwolke. Sie wirbelte wie eine kleine Sturmböe von der Schmiede aus über die trockene Hauptrasse, obwohl sich kein Lüftchen regte. Sie preschte wie eine Dampflok heran.

Homeland und Tango sahen sich kurz fragend an und erhoben sich jetzt wie alle anderen von ihren Plätzen. Die Revolverladys zogen dabei ihre Schusswaffen. Danach spielte sich etwas schier Unmögliches vor ihren Augen ab.

Plötzlich löste sich die Staubwolke vor dem Sheriffs-Office auf. An der Pferdetränke stand nun ein Hengst ohne Reiter. Er war sichtlich erschöpft und schüttelte sich den Staub aus seiner schwarzen Mähne. Es musste ein langer Ritt gewesen sein. Seine Flanken glänzten vom Schweiß.

Es war das Pferd von Blackjack, welches gierig seinen Durst löschte. *Allerdings ohne Blackjack!* Homeland, Tango und auch die Revolverladys steckten ihre Revolver zurück ins Hohlster. Sie blickten verdutzt auf den verstaubten Hengst, der sich kurz auf die Hinterbeine stellte und aufbäumte, als die Gruppe vorsichtig näher kam. Schließlich entdeckten sie etwas, das von Blackjack übrig geblieben war.
Im Steigbügel hing ein Stiefel mit dem blutigen Überrest einer menschlichen Gliedmaße, die früher mal ein Bein gewesen sein musste!

KAPITEL 18

Blackjack lehnte an einem kleinen Felsblock. Er sah übel mitgenommen aus und blickte in den Himmel. Dort kreiste ein halbes dutzend Geier. Er machte eine schmerzverzerrte Miene. Ein paar Aasgeier in nächster Nähe versuchten sich tatsächlich an ihn heranzupirschen. Die Viecher interessierten sich brennend für sein linkes Bein, oder genau genommen das, was noch davon übrig war. Er hatte es notdürftig über dem Knie mit einem Stoffrest von seinem zerfetzten Ärmel abgebunden.
Blackjack nahm seinen Colt in die Hand, den er geistesgegenwärtig aus´m Schlamm gefischt hatte, bevor sein Hengst mit ihm durchging.
Die Rutschpartie war für ihn die reinste Folter. Er hatte sie selbst mal bei einem Abtrünnigen Mitglied seiner Bande angewendet. Ein Pferd, welches durch Pistolenschüsse in Panik geriet, war nicht mehr zu bremsen, und ein Mann der dabei an einem Lasso hing, bald nicht mehr wiederzuerkennen. Er konnte sich nur retten, weil er sich an dem einzigen verdammten Felsbrocken in Jackson Hole festklammerte, an dem sein Gaul dicht genug vorbei galoppierte. Er hatte nach einiger Zeit kein Gefühl mehr in dem Fuß, womit er im Steigbügel festklemmte,

als ihm durch den kräftigen Ruck der gesamte Unterschenkel abriss. Blackjack schüttelte den Schmutz aus dem Lauf seines Colts und warf einen Blick ins Magazin. Darin befanden sich noch zwei Patronen. Er wischte die Trommel sauber und rollte sie durch die Hand, bevor er sie wieder einrasten ließ.Er zielte abwechselnd auf die Aasfresser die irgendwo zwischen dem Geröll einen abgerissenen Hautfetzen von ihm fanden und hungrig aufaßen.

»Scheiße – ihr verdammten Aasgeier! Ich mach euch fertig. Wenn ihr euch mit mir anlegen wollt, dann kommt doch her. Jeder kann ein Stück von mir haben.«

Blackjack zielte wütend mit dem Colt auf den mutigsten Geier und knallte ihn ab. Ein paar Federn flogen durch die Luft, als der Aasgeier von der Kugel getroffen wurde. Die anderen machten sich aufgeschreckt davon.

»Ha-ha-habe ich es euch nicht gesagt. Wer sich mit mir anlegt, der lebt nicht lang!«

Die gleißende Sonne brannte im Gesicht. Auf seiner Stirn bildeten sich Schweißperlen die ihm ins Auge liefen. Er wischte sich mit dem verbliebenen Ärmel des Baumwollhemds die Stirn ab, während er nervös um sich blickte.

Ein paar Aasgeier waren schon wieder unweit vor ihm gelandet und schauten interessiert auf sein verstümmeltes Bein, vor dem sich auf´m Boden eine große Blutlache gebildet hatte.

»Frank – Frank, du treuloses Arschloch. Wo steckst du. Hilf mir verdammt noch mal, oder hast du dich mit meiner Kohle aus dem Staub gemacht?«

Die Aasgeier trauten sich wieder näher heran. Blackjack wurde langsam klar, dass er aus dieser Misere nur auf zwei Arten herauskam. Er hielt sich den Colt an die rechte Schläfe und wollte abdrücken. Seine Hand fing dabei an zu zittern. Genau in dem Moment versuchte ein Geier an seinem Beinstumpf zu nagen.

Blackjack richtete den Colt kurzentschlossen auf das vorwitzige Federvieh und schoss auch ihn in Fetzen. Dann wurde ihm bewusst, was er getan hatte.

»Scheiße, das war´s. Jetzt bin ich erledigt. Verdammt – Verdammt! Ich will noch nicht krepieren! Gott – Gott, sende mir ein Zeichen. Was soll ich tun?«

Pure Verzweiflung bahnte sich langsam den Weg durch seine Adern. Sein Herz begann zu flattern als es von Adrenalin überflutet wurde. Blackjack wusste, dass er nicht so lange durchhalten würde um zu erfahren, wie es sich anfühlte bei lebendigem Leib von den Aasgeiern verspeist zu werden.

Die Viecher kamen immer näher an ihn heran und ließen sich auch nicht durch Steinwürfe abschrecken. Er wühlte in den Taschen nach Zigarillos. Erfreut steckte er sich die letzte in den Mund. Mit der anderen Hand entdeckte er eine Stange Dynamit in seiner Westentasche.

»Wenn ich jetzt noch ein Streichholz finde, jage ich diese verdammten Aasgeier alle in die Luft!«, sagte Blackjack zu sich selbst.

Er durchwühlte fieberhaft seine Hosentaschen und förderte ein letztes Streichholz zu Tage. Er blickte sich um und beobachtete seine Feinde. Sie waren gnadenlose Leichenfledderer, die jedes todgeweihte Opfer mit ihren scharfen Schnäbeln schon vorher anfressen würden.

Also wartete er einen Moment, bis es absolut Windstill war, um nicht seine letzte Chance leichtfertig zu verspielen.

Seine Hände wurden Schweiß-nass, während er die Lunte mit dem Streichholz anzündete. Sie brannte schneller ab, als er vermutet hatte. Erschrocken holte er kurz aus, um sie in die Schar Geier zu werfen.

Dabei entglitt die Dynamitstange und rutschte ihm aus der Hand. Sie landete unweit neben ihm. Blackjack kroch vor Schmerzen röchelnd auf die Stange Dynamit zu, aber er schaffte es nicht mehr rechtzeitig . . .

Die Explosion zerfetzt ihn und die ganze Schar Aasgeier mit lautem Getöse!

ENDE

Besuchen sie uns im Internet
www.bod.de